ペンギンは空を見上げる

将来、ＮＡＳＡのエンジニアになりたい小学六年生の佐倉ハルくんは、風船による宇宙撮影を目指しています。できる限り大人の力を借りず、自分だけの力で。そんなことくらいできないようでは、ＮＡＳＡのエンジニアになんて到底なれないから、と。意地っ張りな性格もあってクラスでは孤立、家に帰っても両親とぎくしゃくし、それでもひたすらひとりで壮大な目標と向き合い続けるハルくんの前にある日、金髪の転校生が現れて……。第34回坪田譲治文学賞を受賞した、ひとりの少年の夢と努力の物語。奮闘するハルくんのことを、きっと応援したくなるはずです──読み終えたあとは、もっと。

ペンギンは空を見上げる

八重野統摩

創元推理文庫

A PENGUIN LOOKS UP AT THE SKY

by

Toma Yaeno

2018

目次

ペンギンは空を見上げる

プロローグ

地球は青かった。神は見当たらなかった。

今から五十年以上も前に人類で初めて宇宙に行ったユーリイ・ガガーリンは、宇宙から地球を見てそう口にしたそうだ。ガリレオが生きていた時代であれば違ったと思うけれど、今ではそのガガーリンの言葉を疑う人はいないだろう。

地球が青いのは当たり前だし、神様は雲の上になんていない。そんなことは小学六年生のおれだって理解している。幼稚園の頃から知っていたと思う。

でも。

それでもおれは、確かめたかった。

ガガーリンの言葉が真実であることを、どうしても。

だからおれは宇宙を目指す。

もちろん、自分のできる範囲ではあるけれど。

三ヶ月前のことだ。

当時まだ小学五年生だったおれは、一月の初めに自作のロケットを冬の空へと飛ばした。

ロケットといっても、そんなに大げさなものじゃない。

何せその推進力は、風船だった。

小さな発泡スチロールに、もらったばかりのお年玉をはたいて買った小さなデジタルカメラと、空中でのみ電波を発しないように設定した発信機がわりのスマートフォンも一緒に詰めて。用意したのはたったのそれだけ。あとは通信販売で買った、ヘリウムガスを詰めた風船をたくさんくくりつけて、おれはそれを大空へと飛ばした。言わば〝風船ロケット〟だ。ロケットという言葉の定義を考えると厳密には違うのだけれど、おれはそう呼んでいる。

その初打ち上げの結果は大失敗——とまではいかないけれど、思ったようにはいかなかった。

成層圏まで行けばいいなと心のどこかで思っていたけれど、とんでもない。ロケットにくくりつけた風船は、高度二千メートルくらいのところで全部ものの見事に破裂してしまった。大気圧という言葉は知っていたけれど、それがどんなふうに風船に作用するのか、ほとんど調べていなかった。なるべく高くまで上げようと、風船ひとつひとつにヘリウムガスをパンパンに詰めていたせいで、気圧の変化によるガスの膨張に風船が全然耐えられなかったのだ。まあ、おかげで墜落した風船ロケットは、ＧＰＳの反応を頼りにちょっと周囲をうろうろするだけで簡単に回収できたけれど。

そうして手に入れたカメラの映像は、ちょっとした空撮みたいなレベルのものだった。一緒にいた三好《みよし》はそれでも喜んでいたが、おれはひどくがっかりした。あのくらいの高さから街を見下ろしたいなら、飛行機に乗ればいい。地平線が丸みを帯びてすらいないし、何より地面はこれっぽっちも青くなかった。あれは地上の写真ではあっても地球の写真ではなく、おれが確かめたいものとは、あまりにも程遠かった。

けれど、その程度の失敗で、おれが宇宙への挑戦を諦《あきら》めるようなことはなかった。

夢がある。

エンジニアになりたい。たとえばＮＡＳＡ（アメリカ航空宇宙局）やＪＡＸＡ（宇宙航空研究開発機構）といったところの、ロケットの開発に大きく関わるようなエンジニアに。そして、本物のロケットを作りたい。小学一年生の頃に明確に抱いたその夢は今も続いているどころか、誕生日を迎えるたびに膨らんでいくばかりだ。

そのための努力はしている。たぶん、同世代の他の誰よりも。けれど、だからといって必ずしもNASAやJAXAに入れるわけじゃない。

努力しなければ夢は叶わない。

けれど、どんなに努力したって絶対に叶わない夢だってある。

努力だけではどうしようもないことは、世の中にはある。

そんなこと、きっと大人はみんな知っているのだろう。子どもはあんまり知らないかもしれないけれど……でも、少なくともおれは知っているつもりだ。おれ——佐倉《さくら》ハルは、誰がどう見ても小学六年生のただのお子様だけれど、他の誰よりも、その事実を知っているんだ。

でも、だからこそ。

おれは自分のこの瞳《ひとみ》で、確かめたいんだ。

ガガーリンが言っていたように、地球は青いのだということを。

何より。

神様なんて、この広い宇宙のどこにもいないのだということを。

第一章　海の向こうから

カレンダーは四月を迎えたけれど、日中でもまだ冷たい風が吹く。

テレビで全国向けのニュースを見る限り、本州ではもう桜が満開らしい。ただ、おれの住んでいる北海道朝見市では桜などまだまだ蕾《つぼみ》が膨らみかけたくらいだというそんな頃に、おれは六年生になった。最高学年ということで少しだけ誇らしいような気もするけれど、それ以外に特に思うところはなかった。

教室の顔ぶれは、五年生の頃と変わらない。

全国の小学校もそうなのかは知らないけれど、おれの通っている朝見南小学校ではクラス替えは二年に一回だ。五年生に進級するときにクラス替えはしたので、今回はなし。それを喜ぶクラスメイトもいれば、そうでないやつも、もちろんいるだろう。ちなみにおれはというと、まあ色々と面倒がなくていいなとは思う、その程度だった。

そんな、どうにも代わり映えのしない新しい教室に、唯一の新学期らしさを運んでくれるかもしれない転校生が登場したのは、始業式のあとだ。担任の岡崎《おかざき》先生の後を追うように教室に入ってきたその生徒は、下手をすると低学年にも見えるような背の低い女の子だった。

驚くべきは彼女のそんな小柄さではなかった。

腰まで届くほどの彼女の細くて長い髪の色は、それはそれは綺麗な金色だったのだ。それも、黒髪の上に無理矢理に濃いペンキを塗りつけたような濁《にご》った金色もどきではなく、どう見ても天然だ。

つまりそう、転校生はあろうことか外国人だった。

おれの席は教室の一番前なので、彼女の瞳の青みまでよくわかる。青空を透《す》かしたビー玉みたいに綺麗なブルーが、嘘みたいに澄んでいる。考えてみれば、外国人をこんなに間近で見るのはほとんど生まれて初めてのことだった。

転校生は、小さく白い、少しくたびれたうさぎのぬいぐるみを持っていた。抱きかかえるようにではなく、それこそ持っているだけという感じで。腕の先を摑《つか》まれて宙にぶらんとしているぬいぐるみはなんだかとても間抜けだ。学校にぬいぐるみなんて持ってきていいのだろうかと思うけれど、外国ではこのくらいの持ち込みは普通のことなのかもしれない。

「それじゃあ、黒板に名前を書いて」

先生が言う。もちろん、日本語で。

促《うなが》された転校生がチョークを片手に、いかにも不慣れな手つきで黒板に文字を並べていく。そうして彼女がやや時間をかけて書き上げたのは、ローマ字などの横文字ではなく、漢字とカタカナが入り交じる、五文字の日本語だった。

鳴沢《なるさわ》イリス
どうやらそれが、彼女の名前らしい。

その五つの文字を書き終えると、彼女は指先についたチョークの粉をじいっと眺めてから、よせばいいのにセーラー服みたいな襟《えり》のついた高そうな服の裾《すそ》で、容赦なく粉を拭《ぬぐ》った。その後で教室にいるおれ達を、お世辞にも愛想がいいとはいえない目つきで見回してから、自己紹介を始めた。

「鳴沢イリス、です」

予想外にも英語ではなく、たどたどしいながらも日本語で。

「ワシントンからきました」

へえ、すごいな。アメリカからの転校生か。

その事実におれが少しだけ目を瞠《みは》っていると、鳴沢イリスはわずかにあごを上げて、なんだか妙に挑発的な態度のまま、

「日本語はあまりとくいでないです。でも、どうせすぐむこうに帰りますから」

などと妙に前後が繋《つな》がっているのかいないのかよくわからないことを告げて、さらにとどめとばかりに言い放った。

「だから、なかよくしてくれなくていいと思います」

……さすがに。

その発言には、さすがにおれも耳を疑った。

教室に小さくないどよめきが広がる。思わず後ろを振り返ってクラスメイトの反応を窺《うかが》うと、予想通り、みんな大小の差はあれど似たような反応を見せていた。

問題児だ。

これは間違いなく、問題児だ。うちのクラスに、海の向こうから問題児がやってきたぞ。

鳴沢イリスの隣に立っている岡崎先生が、眉間《みけん》にそれは深いしわを寄せてどうしたものかという顔をしている。当の鳴沢イリスは、これ以上別に何も言うことはありませんけど、とでも訴えるかのように、ちらりと横目で岡崎先生を見た。

今年で教師生活十年目を迎えるらしい中堅教師の岡崎先生は、いかにも反応に困ると言いたげに大きく息を吐き、

「……まあ、元気があるのはいいことだな？」

そんな、やっぱりあまりよくわからないことを口にしてから、手を二回叩いた。

「はいはい、静かにする」

教室内の動揺が収まったのを見て、岡崎先生は切り出す。

「いま本人が言ったように、鳴沢はワシントン――アメリカからの転校生だ。日本語に関しては、発音はちょっとまだ慣れないところもあるようだが、読み書きはほぼ問題ない。ちなみにお父さんが日本人で、お母さんがイギリスの方だそうだ」

ふうん。

ということは、ハーフか。しかしまあ、ハーフがどうとかの前に、転校早々こんな自己紹介をかましてしまっては、これから何かと苦労するんじゃないかな。まあそれでも、顔はかわいいほうだから、上手にやればこれから挽回《ばんかい》も十分に可能だろうけれど。

そんなおれの予想を証明するかのように、鳴沢イリスは他人をあれほど真っ向から拒絶するかのような自己紹介をぶちかましたにもかかわらず、転校してきてからいくらかのあ

いだは、男女問わずクラスメイトからちやほやされた。

何せ、遥《はる》か遠くアメリカから転校してきた女の子だ。

しかも容姿も愛らしいとなれば、噂の鳴沢イリスちゃんのお顔を一目見ようと、短い休憩時間に他所《よそ》のクラスからはるばる遠征してくるやつらが大量に現れるのも、当然といえば当然だ。

ただ、そんなアイドルのような状態は一週間も保《も》たなかった。

個人的には二週間くらいはそんな感じが続くんじゃないのかなと想像していたけれど、どうやら鳴沢イリスは予想よりもずっと……こういうのはなんと言ったっけ、そうあれだ、排他的な人間らしい。

具体的に言えば、鳴沢イリスはどうやら例の自己紹介の通りに、クラスメイトと仲良くするつもりはほとんどないようだった。

まず、鳴沢イリスが学校にやってくるのはいつも朝礼開始の直前だ。彼女が席に着くのとほぼ同時に先生も教室に入ってくるので、その時間に彼女に話しかけるのは不可能に近い。それでは授業の合間の休憩時間はと言えば、お手洗いに用がなければ鳴沢イリスは基本的に自分の席で、ひたすら仏頂面《ぶっちょうづら》でじっとしている。しかも、そんな彼女に対して誰かが友好的に話しかけに行っても、彼女はぷいと露骨に視線を逸らすのだ。あげくの果てには、話しかけられるのが煩《わずら》わしいとばかりに相手を無視してその場からいなくなったりするものだから、もはや始末に負えない。

クラスメイトと仲良くなるにはうってつけの昼休みもほぼ同様で、給食を食べ終わると音もなく姿を消してしまう。クラスメイトはどこに行っているんだろうと不思議がっていたようだが、正解は図書室だ。おれも昼休みは暇つぶしのために基本的に図書室に引きこもっているので、よく知っている。確かこの前は、宮沢賢治の『銀河鉄道の夜』の絵本を、ふんふんと鼻歌を歌いながら一心不乱に読んでいた。

そんなわけで、鳴沢イリスは転校してきてから一週間もしないうちに、クラスメイトとの間にそれはそれは分厚い壁を完成させつつあった。

そんな転校生の態度に呆れ始めているクラスメイト達を代弁するかのように、苅屋《かりや》修子《しゅうこ》というリーダー格の女子が「アメリカ人にも根暗なやつっているんだねえ?」などと笑いながら言っていたのが、なんとも印象的だった。

聞いた話によると、鳴沢イリスは親の仕事の都合で転勤が多いのは本当らしい。

勝手な想像ではあるけれど、きっと彼女は今まで幾度となく行われた人間関係のリセットを経て、他人と関わることが面倒くさくなってしまったのだろう。

そこに同情の余地が全くないと言えば、嘘になる。

けれど、このままでは彼女がクラスで完全に孤立するのは時間の問題だろうなと思う。

ただ、同時に。

そんなのはおれには全く関係のないことだとも、思った。

放課後、友達の極めて少ないおれは誰かと一緒に帰ったりしないので、終礼が終わるとすぐに教室を出てさっさと家に帰る。しかし今日は生憎《あいにく》と掃除当番だったのでそうもいかず、十分ほどかけて教室の掃除をせっせと終わらせてから学校を出た。

だが。

校門を出てほんの百メートルほど歩いたところで、見知った顔を発見する。

「ハルくん」

そんな気安い呼び名がふわりと飛んでくる。どうやら見たところ、そいつはご苦労なことにおれのことを待ち伏せしていたらしかった。

「掃除当番、お疲れさま」

三好は待ち伏せしていたことを悪びれもせずに、何がそんなに幸せなのかわからないが、相も変わらずにこにこしている。

一方のおれは、怒っているのだという顔を意識的に作りながら問う。約束はどうしたんだ。

「もう、そんな怖い顔しないでよ」

するとニ好は、これ見よがしに辺りを見回すようにしてから、おどけるように言った。

「それにここは学校じゃないよね？」

その言葉に、おれは呆れ果てたとばかりに肩を落とす。そういうのを、屁理屈って言うんだ。

三好はおれと同じく、六年二組の生徒だ。

別に背が高いほうでもないおれよりもさらに頭ひとつぶん小さくて色白で、目が無駄にくりっとしていて、なんだかジャンガリアンハムスターみたいなやつだ。おれとは対照的に性格も明るく社交的で、友達もすこぶる多い。そんな性格が災いして、三好はおれなんかとも友達だったりする。気の毒なことだ。

「ねえ、ハルくん。久しぶりに一緒に帰ろうよ」

冗談じゃない。

断固拒否するとばかりに首を横に振り、おれはさっさと歩きだしたが、

「ひどいなあ、ハルくん」

背後から、妙に間延びした三好のそんな声が届く。

「そんなんじゃあ、ハルくんのお母さんに告げ口しちゃうよ？　ハルくんが学校でぼくのことをガンガン無視するんですけどって」

……頼むから、それだけはやめてくれ。

おれは脅《おど》しに足を止めると、せめてもの反抗として大げさに溜息をひとつ吐《つ》いて振り返った。

そんな敗北宣言とも言えるおれの態度を前に、三好はにんまりと微笑《ほほえ》む。

「まあまあ、立ち話もなんだし、久しぶりにハルくんの家に行ってもいい？」

そういう前置きは、自分の家に招くときに使うものだという文句を伝えるよりも早く、三好は駆け寄るようにこちらに近づいてきて、

「まあ、いやだと言っても行くけどね！」

そう言ってから、綺麗に揃《そろ》った白い歯を見せるように笑った。

悪いやつだった。見た目はなんだかとても大人しそうに見えて、三好はこれで意外にも悪いやつなのだ。

仕方がないのでしぶしぶ頷《うなず》くと、三好はその顔に浮かべている笑みを二割ほど強めて「わあい」と暢気《のんき》そうな声を上げた。

おれと三好の通っている朝見南小学校から歩いて十分ほどのところに、あすなろ商店街というどうにも古ぼけた商店街がある。

昭和の中頃に作られた商店街で、良く言えば情緒に溢れており、悪く言えば陰気くさい。アーケードの入り口に掲《かか》げられている大看板は、長年にわたる排気ガスやら酸性雨やらの影響で錆《さ》びつき黒ずんでいるし、ぼやけたクリーム色のタイルで覆われた通路はセンスのかけらもない。その通路を行き交う人達は、半分以上があすなろ商店街に負けず劣らず年季の入ったおじいさんかおばあさんだ。日本の少子高齢化問題は、社会科の教科書で年齢別人口推移の棒グラフを眺めるより、この商店街を百メートルほど歩いたほうが百倍実感できると思う。ここは本当に、子どもが少ない。

商店街の大人は、あすなろ商店街は朝見市の商業の中心として市民の生活を支えていると口癖のように言うけれど、実際のところは怪しいものだ。

北北東を頂点にした二等辺三角形みたいな形をしている朝見市は、西に札幌市、東に江別市が隣接している。言うまでもなく札幌は北海道で一番の都会だし、江別だって大きなイオンがあったりでまあまあ便利なところだ。この商店街は、今のところそういう大きなショッピングモールが朝見市にないからかろうじて生き延びているだけで、もしもこの近所にもイオンができたらここはきっと大変なことになる。まあ、そんなことはこの商店街に関わる誰もが、いやというほどわかっていることなんだろうけど……。

三好と肩を並べながら、そんな明日の見えないあすなろ商店街を進んでいく。

夕飯時前にピークを迎える肉屋の揚げ物の香りとか、夕方過ぎの魚屋から漂う生臭い感じとか、いろんな匂いが混ざり合ってなんとなく空気がまずい。そこかしこのシャッターが閉じているという絶望的な状況でこそないものの、威勢の良い声がピンポン球のように跳ね回るという感じでも全然ない。

何より、くすんだ巨大かまぼこみたいなアーケードのせいで空が狭くって、狭くって。

そんな商店街のなかほどに、こぢんまりとした店構えのクリーニング屋がある。ワイシャツ一枚二百三十円からと書かれた桜色の幟《のぼり》を掲げた、いかにも商店街にある店らしい、何の変哲もないしょぼくれたクリーニング屋だ。

おれと三好は、小学生にはまず用のないようなそのクリーニング屋の自動ドアをくぐる。すると、カウンターの中にいた中年の女性店員は、おれではなく、おれの傍《かたわ》らに立つ三好を見るなり顔を綻《ほころ》ばせてこう言った。

「あら、みーちゃん！　なんだか久しぶりねえ」

みーちゃんと砕けた呼び方をされた三好のほうも、やっぱり何がそんなに嬉《うれ》しいのかわからないがひどくにこにこしてから、折目正しく頭を下げた。

「こんにちは、ハルくんのお母さん！」

そう。

この店――この〝さくらクリーニング〟こそが、おれの暮らす家だ。

おれはこのあすなろ商店街で生まれ、今日まで十二年間、ほとんど毎日ここの空気を吸っては吐いて生活している。

ちなみに三好の家はこの店からさらに五十メートルほど先にある、この界隈《かいわい》ではちょっと名の知れた和菓子屋さんの〝みよし〟である。そういうわけで、実はおれ達は赤ん坊の頃からの付き合いだったりする。

「もう、遊びに来るなら言ってくれたらよかったのに」

おれは小学生にしては珍しくスマートフォンを持っているけれど、友達を家に呼ぶのにわざわざ親にメールを打つほどマメでもない。

「ごめんなさい、急にお邪魔してしまって」

言って三好が眉尻を下げると、母さんは慌てたように手を振って、

「もう、そんなの全然いいのよ。いつもハルと仲良くしてくれてありがとうね」

「いえいえ、こちらこそハルくんにはお世話になってばかりです」

客商売の家の生まれだけあってか、三好は大人相手でも物怖《ものお》じせず、小学生らしくない

きっちりとした言葉遣いをする。三好の世話をした覚えなんて、少なくともここ最近はこれっぽっちもない、というのはさておいて。

いつまでも立ち話をさせないでという想いを込め、おれはカウンターのテーブルを軽く叩く。

「あ、あ、ごめんね？」

すると母さんは、三好に向けていたものとは打って変わって、どこか強《こわ》ばった笑みをこちらへと向けてくる。

「その、あとでおやつ持っていくからね」

それは明らかにおれに対しての発言だったが、返事をしたのは三好のほう。

「ありがとうございます。でも、どうぞお構いなくです」

三好がやはり礼儀正しく礼をすると、母さんは笑顔のワット数を上げたかのように柔らかな笑みを三好へと投げかけた。母さんは三好のことがお気に入りなのだ。たぶん、息子であるおれのことよりもはるかに。

カウンターの横を抜け、預かりものの服の群れを抜ける最中、三好は後ろからおれの肩を軽く叩いた。

「ねえ、ハルくん。もしかして、おばさんと喧嘩《けんか》でもしてんの？」

喧嘩？　別に、してないけど。

そうかぶりを振れば、三好は眉尻を下げるように少し表情を曇《くも》らせて、

「してないのならいいんだけど。ハルくん、ぶすっとしてるから」

まあ、三好の言わんとしていることはわからないでもなかったが、あえてこちらから何か伝えるような必要もないだろう。

受付の奥、子ども二人でも横に並べないほど狭く、それでいて一段がやたら高いリスキーな階段を登っていく。

さくらクリーニングは、三階建ての一軒家を改装してできたものだ。

おれが生活しているのは一番上の三階だ。一階は店の受付スペースと、倉庫というほど大げさなものではないが、お客さんから預かった服を置いておく場所になっている。その上の二階はボイラー室、さらにその上の三階が佐倉家の住居スペースという間取りだ。

三階へと上がる前に、おれはいつも通りに二階にあるボイラー室の扉を開く。

瞬間、もわっとした熱風がおれの頬を存分に撫《な》でる。ボイラー室にはその名前の通り大型のボイラーがある。ボイラーはクリーニング屋にとっては心臓みたいなものだ。これがなければ、ワイシャツにアイロンをかけることもできない。

ボイラー室ではいつもと同じように哲《てつ》じいが——おれの祖父《じい》さんが、ほんの少しの淀み

もない動きでワイシャツにアイロンをかけていた。唸《うな》るようなボイラーの稼《か》働音《どうおん》の合間に、シャツの上をアイロンが滑《すべ》る静かな音がテンポよく聞こえてくる。

その間隙《かんげき》を縫《ぬ》うようにしてただいまと伝えると、哲じいはボタンを留めたシャツを裏返し、最後の仕上げを終え、ワイシャツを一本のしわもなく畳《たた》み終えたところでようやく手を止めた。

「おう、ハル。おかえり」

哲じいはその四角い顔をにこりとさせることもなくそう返すと、そのまま三好のほうに視線を向けて、

「みよしさんのとこのも。いらっしゃい」

言われた三好は、ほんの少しだけ緊張した面持《おもも》ちを見せつつ頭を下げて、

「こんにちは、哲治《てつじ》さん。お邪魔してます」

「おう、ゆっくりしていきなさい」

哲じいこと佐倉哲治は、そう言いつつ片方の口の端を軽く上げると、手近に置いてあるカゴの中からしわだらけのワイシャツをまた取り出し、すぐさまアイロンをかけ始めた。

うちの店では、クリーニング屋の基本であると同時に花形でもある（と、哲じいが言い張る）アイロンがけは、全て哲じいがやっている。

哲じいは、おれが登校する前にはボイラーに火を入れ、夕飯の直前までひたすらアイロンを動かし続けている。おれは生まれてこの方、日曜日とお盆と年末年始を除いて、この時間帯に哲じいがアイロンがけ以外のことをしている姿をほとんど見たことがない。真夏は言わずもがな、真冬でも蒸し風呂じみた暑さになるこのボイラー室で、哲じいは着ている半袖のポロシャツの裾をスラックスに必ず几帳面《きちょうめん》にインして、業務用の重たいアイロンを操っている。

哲じいはもうとっくに還暦を迎えているけれど、定年退職なんて優しいシステムは我が家には存在しないらしい。そんな哲じいは事あるごとに言う。アイロンを持てなくなったときが、俺の死ぬときだ、と。

哲じいに顔を見せ、ボイラー室を出ると三階へ上がる。

お世辞にも広いとは言えないどころか、三階建てだけあって天井が妙に低い我が家の、その一番奥にある六畳の和室がおれの部屋だ。その六畳間には、今は亡きおばあちゃんの嫁入り道具だったらしい大きな和簞笥《わだんす》が二棹《さお》ほどあったりするものだから、おれと三好の二人でもう満員御礼のぎゅうぎゅう詰めだ。

三好は背負っていたバッグを下ろしながら、妙に嬉しそうな顔つきを浮かべて視線をさまよわせる。

「なんか、ハルくんの部屋に来るのすっごい久しぶり」

言われてしばし思い返してみると、確かにここ半年くらい三好をこの部屋に上げたことはなかったような気もする。

「あ、風船ロケットの設計図だ！」

おれの机の上に広げてあった図面を前にして、三好が声を上げる。おれが風船ロケットを作っていることを知っているのは、家族を除けばこいつとあかねえくらいのものだ。

「調子はどう？　次は成功しそう？」

さあ、どうだろう。

前回の失敗の原因だった、気圧の問題はなんとかなりそうではある。

気圧が下がることで風船が膨らんで破裂するなら、もっとゆとりのある大きな風船を使えばいいだけのことだ。

「へえ、そうなんだ」

簡単に説明したところ三好はそう返してきたが、きっとこいつはよくわかっていない。

「それなら次の打ち上げはもう何の問題もなし？」

大して興味もない話だろうに、三好はそれでも上手に相槌《あいづち》を打ってくるので、おれはそうでもないとばかりに首を横に振る。

大きな風船を使うってことは、当たり前だけどヘリウムガスも前よりもっとたくさん必要になる。そして、ヘリウムガスというのはあれでなかなか結構お高いものなのだ。まだ正確な計算はできていないけれど、たぶん次に使うであろうサイズの風船にデジタルカメラをつけたロケットを吊るして飛ばそうとすれば、二千リットルくらいのヘリウムガスがいる。

そう説明してやると、三好ははてなと小首を傾《かし》げながら、

「その、二千リットルってつまりはどのくらいのお値段なの?」

そう訊《き》かれ、三好の目の前に人差し指を一本立ててやれば、三好は軽い寄り目を作るようにおれの指に視線を向けつつ、

「千円?」

まさか。

「ええっ! じゃあまさか、一万円?」

叫びながら、三好はドアノブに溜まっていた静電気に奇襲をかけられたみたいに、ぎゃっというような変な顔になる。

「ぼく、今まで一万円もする買い物なんてしたことないなあ」

まあ、小学生なら普通はそんなにないんじゃないか。

おれだって福沢諭吉を使って買い物したのなんて、今年の正月にデジタルカメラを購入したときくらいのものだ。

「それでどうするの？　買うの？　その、ヘリウムガスってやつ」

そりゃあもちろん、買うしかないだろう。

お年玉などのまとまったお金は物心ついた頃から貯め続けているので、デジタルカメラを買った今でも、幸い一万円くらいならなんとかならないでもない。もちろん、大ダメージには変わりないけれど。

そう答えると、三好はちょっと考えるような顔つきをしてから、妙な上目遣いでこちらを見つめてきて、

「なんだったら、ぼくも少しくらい出そうか？」

などと、あまりにもお人好しな提案をしてくる。

「ハルくんほどじゃないだろうけど、ぼくもお年玉は貯めてるから、五千円くらいなら協力できるよ？」

正直、それは実にありがたい申し出ではある。

けれど、おれは迷わず首を横に振った。こんなおれの自己満足じみたことのために、こいつの大切な貯金を使うことはできない。

「じゃあ、おじさんかおばさんに借りるとか？」

その問いにも、おれはかぶりを振った。

両親からお金を借りることは、できない。

それじゃあ、意味がないのだ。

というのも、風船ロケット――正確に言えば風船を使った成層圏からの空撮というのは、もちろんおれが世界で初めて挑むというわけでは、全然ない。それこそ世界中でいろんな人がやっている。おれの大好きなＪＡＸＡやＮＡＳＡだってやっている。小学生で成功したやつはまだいないかもしれないけれど、確か中学生ではいたはずだ。

だから、インターネットで検索をかけてやり方を丁寧《ていねい》に調べれば、風船ロケットの打ち上げを成功させること自体は、それほど難しいことでもないのかもしれない。

でも、それでは意味がない。

おれはできる限り自分の力だけで、風船ロケットを作り上げたいんだ。

もちろん、だからといってインターネットで一切調べものをしないというわけではない。さっきの、ヘリウムガスの浮力の計算に必要な公式なんかは、インターネットで調べたことだ。

ただし、それ以上のことはできるだけ調べない。

具体的に言えば、風船ロケットを高度三万メートルの高さまで上げるのにはこのくらいの大きさの風船を使い、これだけのヘリウムガスが実際に必要でした、という誰かの経験を丸ごとなぞるようなことはしていない。

おれの中では、それはルール違反だ。

そこまで調べてしまっては、理科の授業でやる単純な実験と何も変わらない。教科書に書いてある通りのことをして、ほら書いてある通りの変化が起きましたねよかったですね、ちゃんちゃん、めでたしめでたし。それではダメなんだ。

だってそうだろう。そんなことでは、自分が無力でないことの証明になんて全然ならない。

それにあれだ。そんな理屈をわざわざ並べなくても、両親からお金を借りるなんて、今のおれにはとてもできそうにない。毎月のお小遣いをもらうときですら、未だになんとなく気まずいくらいだというのに。

おれは胸の奥に浮かびかけた息苦しさを払うように、話を切り替えることにする。三好がわざわざうちにやってきたのは、何も風船ロケット製作の進捗《しんちょく》状況を訊きたかったわけではないだろう。

座卓を挟むように置いた座布団の上に腰を下ろすと、三好も同じように差し向かいの座

布団の上に座って、

「あのね、用事っていうか、相談って感じなんだけど……」

そんな不穏な切り出し方をしてから、表情の明るさを少しだけ落とした。

「実は、鳴沢さんのことなんだ」

鳴沢。転校生、鳴沢イリス。

この場でのその名前の登場を、意外に思う。その鳴沢イリスがどうかしたのかと問うように首を傾げれば、三好はすぐに声を繋いだ。

「鳴沢さん、クラスで孤立してるじゃん」

……ああ。

なるほど、そういうことか。

その一言で、三好が言おうとしている相談の内容を丸ごと理解する。こいつのお人好しは、本当にちょっとどうかしていると思う。三好の好は、お人好しの好なのだ。

別にいいじゃないか、孤立しているくらい。

呆れを見せつけるようにおれが肩をすくめると、何がそんなに不満なのか三好は眉尻を少しばかり吊り上げて、

「もう、ハルくんはどうしてそう冷たいかな」

おれの態度を否定するように緩《ゆる》やかに首を横に振ってから、告げる。

「だって、クラスメイトじゃんか」

ほら、これだものな。おれはもう、げんなりするしかない。

クラスメイトだからなんだというのか。おれにとってクラスメイトなんて、特別に親しくなければ同じ電車にたまたま乗り合わせた人とそれほど変わらない。物理的な距離がどれだけ近くても、ひとたび離れてしまえばもう顔も思い出せない。

というか、そんなに鳴沢が孤立しているのがいやならば、おまえが友達になってあげればいいじゃないか。

そう提案すると、三好はむっとした表情になって、

「ハルくんは知らないかもしれないけど、そんな簡単な話じゃないんだよ。話しかけても、無視されることとかすごく多いし」

それは単に日本語がわからないだけではと考え、すぐに自分の中で否定する。授業中の受け答えなどを見ている限りでは、少なくとも鳴沢イリスの日本語力が、日常的な会話に不自由するようなレベルだとは到底思えない。ということは、三好が話しかけても無視されるのは、単に煙たがられているだけということになる。

とはいえ、鳴沢イリスがそんなふうな態度を取るのは、特別に三好のことが嫌いだから

というわけではないとも思う。それこそ自己紹介の通り、どうせまたすぐに引っ越すから、誰かと仲良くなるのが面倒ってだけだろう。

結局、鳴沢イリスは好きで孤立しているだけなんだと、それだけ伝える。

「うーん……」

しかし三好は納得できないようで、座卓にあごを乗せるような恰好になって、言う。

「でも、本当に心から孤立を望んでいる人なんているのかな？」

そりゃあいるだろう。

たとえば、おまえの目の前にいるやつなんか、まさにそうだろう。

そんなことを考えていたら、言葉としてそう伝えたわけではないのに、三好はむくりと身体を起こした。しかもその表情たるや、いつもの人好きのするものとは打って変わって何やらなかなかの剣幕なのだから、もう大変だ。

いけない、やってしまった。これは完全に、藪蛇《やぶへび》だぞ。

「ねえ、ハルくん」

案の定、三好はここぞとばかりに、例の話題を持ち出してくる。

「学校で話しかけるなってあの約束は、いつまで守ればいいの？」

自業自得とはいえ、もう何度目になるかわからないやり取りには嫌気がさす。

その約束の期限に関しては、少なくとも小学校を卒業するまでと伝えたはずだし、三好だってそれを忘れたわけでないだろうに。

「このままじゃあ、ハルくんずっとひとりぼっちじゃない」

だから、これも何度も言葉にしているけれど、別にひとりぼっちでいいんだって。鳴沢じゃないが、おれだって孤立しているくらいでちょうどいいんだ。それが辛《つら》いとも、あんまり思わないしさ。少なくとも、今はもう。

しかし三好は、そんなおれの考えなど少しも納得できないとばかりに下唇《したくちびる》を噛《か》むようにしながら、わずかに俯《うつむ》いて、

「ハルくんは何にも悪くないのに」

三好のその言葉に対して、おれははっきりと首を横に振る。

いいや、三好。

それはあまりにも、おれに寄りすぎの意見だ。

おれは悪いことをしたよ。クラスのみんながおれのことを避けるのも、当然だ。

だから。

おれがいま、クラスで孤立しているのは実に正しいことだ。

そう。

鳴沢イリスと同じように——いや、下手をすると彼女以上に、おれはクラスの中で孤立している。別にいじめられているわけではないけれど、おれはクラスメイトからそれこそ腫《は》れ物に触るように扱われている。

心優しい三好だけは、商店街を介したご近所付き合いも少なからずあるし、今もこうしておれのことを気にかけてくれている。でも、こいつはそれなり以上に人の悪意に鈍感だから、おれと仲良くすることで周囲の人間からどんな目で見られるかが、上手《うま》く想像できないのだ。

だからおれは、学校では話しかけるなとわざわざ三好に釘を刺している。三好とおれの約束というのは、そのことだ。

「やっぱり、先生に相談したほうがいいんじゃないかな」

三好の言葉に、おれは緩やかに首を横に振る。

担任の岡崎先生は、十分よくしてくれている。なんだか上から目線なように自分でも思えるが、実際その通りなのだ。

ただでさえ、今は鳴沢が転校してきて大変なはずだ。そんな時期に面倒をかけるのはやめよう。三好の人の好さを逆手《さかて》に取って、おれはそうなだめる。

「まあ……うん、そうだね。今は確かに、タイミングが悪いのかもしれないけど……」

それが功を奏したようで、どうやら三好もこの場は納得してくれたらしい。

でもきっと、一ヶ月くらいしたらまた同じことをこいつは言い出すのだろう。三好のおせっかいは、なんというかもう、病気みたいなものなのだ。血液中におせっかい虫みたいなのがうじゃうじゃいるんだな、たぶん。

「ぼくとしては、鳴沢さんとハルくんが仲良くしてくれたら、一石二鳥なのにな。もしかしたら変わり者同士、ものすごく気が合うかもよ？」

出し抜けに、三好がしれっと毒を吐く。

だが、そんなふうに期待されているのに申し訳ないが、正直なところ、鳴沢のことなんてものすごくどうでもいい。

素直にそう伝えると、

「またまたあ」

三好はらしくない不敵な笑みを浮かべて、

「だって、鳴沢さんめちゃくちゃ可愛いじゃんか。お人形さんみたいでさ。ハルくんだってそう思うでしょ？」

唐突に問われ、おれは鳴沢イリスの特徴的な容姿を脳裏に思い浮かべる。

確かにまあ、鳴沢イリスは可愛くなくはない。ハーフだけあって、目鼻立ちがはっきりしているしな。だからといってやたらとくどい感じでもないし、バランスがいい。それにあれだ、教室ではいつだって不機嫌そうにぶすっとしているけれど、昼休みに図書室で本を読んでいるときなんかは、結構、愛らしい表情を見せている。あれはいつだったか、図書室で一人『はれときどきぶた』を読みながらころころ笑っていたときの顔なんて、なかなかよかった。……などという感想までも素直に伝えるようなことは、さすがにしないけれど。

まあ、なんにせよだ。

この件に関しては、あんまり深入りしないほうがいいような気がする。仲良くしようという心がけはいいさ。でも鳴沢がそれを拒《こば》んでいるのなら、それはありがた迷惑ってやつだ。そういうのは、簡単にトラブルになるからな。

そんなふうに、おれはあえてやや言葉を厳しくして三好に釘を刺したのだが、

「うん、わかってる。そこはちゃんと、気をつけるから」

しかし三好は真面目《まじめ》くさった顔で、そう返すばかり。それが上辺だけの言葉でないのは間違いないのだが、おれはそんな三好の反応に眉をひそめるしかない。この状態になった三好には、正直なところもう何を言おうとも無駄なのだ。

そんな三好を前に、おれは思わず心の奥底でこんな決まり文句じみたことを考えてしまう。

面倒なことが起きなければいいけれど、と。

でも。

そんな後ろ向きな思考が胸の奥に浮かんだ時点で、面倒事が起きるというのは決まったようなものなのだ。

その面倒事がおれを襲ったのは、翌週金曜日の放課後のことだった。

関東あたりで春雨《はるさめ》前線が粘《ねば》りを見せているらしく、その影響か今朝は朝見にも早くから穏やかで落ち着いた雨が降っていた。

終礼が終わってもなおその春雨は静かに窓の外を湿らせていたが、西の空が明るみ始めていたのを見たおれは図書室へと足を運び、読書で時間を潰して雨が上がるのを待つことにした。

放課後だけあって、図書室には数人の生徒しかいない。

あえて借りたりせず、今日みたいに機会があるごとに、ちまちまと読み進めている《シャーロック・ホームズ》シリーズを手に取り、窓際の特等席に腰を下ろした。

不意に、窓の向こう、視界の端で何か明るい色が動いたような気がした。

気になって顔を上げると、無人のグラウンドの片隅で、幼稚園児の帽子みたいな蛍光イエローの傘を差した女子が、何やらもぞもぞとうごめいていた。

傘を差しているせいで表情はわからないけれど、傘の端からは特徴的な金色の毛先が見え隠れしている。つまりあれは、うちのクラスの鳴沢イリスに間違いない。

彼女は捜し物でもしているのか、少し場所を移動してはその場にかがみ込むという動作を何度も何度も繰り返している。いくら激しくないとはいえ、朝から降り続いている雨だ。地面もひどくぬかるんでいるだろうに。何をそんなに必死になって捜しているのか知らないが、別にいまこのタイミングでやらなくても……。

まあ、なんにせよおれには関係ないことだ。

そう自分に言い聞かせて、おれは片手で開いている文庫に目を落とす。だってこれから、ようやくホームズが事件を見事に解決するところなのだ。

知ったこっちゃない。

鳴沢イリスのことなんて、知ったこっちゃないね。

そんなふうに、己を騙《だま》すようにして読書を開始し、三十分後。

おれはとても、それはそれはイライラしていた。本来であればおれは今ごろ、ホームズによる見事な事件の解決を楽しんで、大いなる満足感に浸っているはずなのに！

心の中で恨み言を吐き出しながら、もう何度そうしたかはわからないが、視線をちらりと外に向ける。すると、三十分ほど前とは大きく場所を変えたところ、体育館の脇のあたりで、鳴沢が、身を潜める岩を失った沢蟹《さわがに》のようにまだ右へ左へと動いていた。明らかに半ベソをかきながら。

予想に違《たが》わず、見上げれば分厚かった雲は東へと流れて空の切れ目を広げ、雨も降り止んだ。それを受け鳴沢も先ほど傘を閉じたのだが、そこから現れたのは、いかにも失《う》せ物見つかりませんどうしようという情けない泣き顔だった。

それに加えて、だ。

集中力の足りない読書の合間合間に盗み見ていたのだけれど、さっきから鳴沢はすでに捜した場所をまた改めて捜したりと、ものすごく効率の悪いことをやっている。一度捜した場所に目当てのものが現れることなんて絶対にないのに。まさか子犬や子猫なんかを捜しているわけでもないだろう。

そしておれは、非効率というのが大嫌いだ。失せ物を捜すにせよ、やるんだったらきっちりやってくれ。きっちりやらないんだったら、おれの視界に入らないでくれ。どっちかにして欲しい。本当にもう、お願いだから。

ああ、もうダメだ。

あと十数ページで読み終わるけれど、今日はもう読書ができるような気分じゃない。おれは開いていた文庫本をぱたりと閉じると、深々と息を吐いてから、誰も見ていないのをよいことにずるずると腰を前に出すようにして、姿勢をだらしなく崩した。

……帰ろ。

そうさ、帰ろう。雨はもう、止んだのだから。

立ち上がり、図書室を出る。

階段を降りて、昇降口へ。上履きからスニーカーに履き替える。ところどころ錆《さび》の浮いた鉄製の傘立てでは、雨の日にすら誰にも利用されない骨の折れたビニール傘の他に、小学生が持つには少し大きな濃紺の傘が持ち主であるおれを待っていた。

開く必要のない傘を、空中に8の字を描くように振り回しつつ、昇降口を抜けて正門へ。視線を遠くへと伸ばせば、西の空がひときわ明るい。もう少ししたら綺麗な夕焼けが見られるかもしれない。雨上がりは空気中の塵《ちり》や埃《ほこり》が洗い流されて、空がいつもより澄んでいるから。

そんなことを考えながら正門を出て、そのまま二十メートルほど歩く。

歩く、のだけれど。

何故《なぜ》だか。

身体中が、むずむずしてくる。

その感覚を無視して、無理矢理にさらに五十メートルほど歩くと、一歩また一歩と足を踏み出すたびにむずむずが加速する。身体中がなんだか、かゆい。本当にかゆいわけじゃないけれど、それでも不思議と確かにたまらなくかゆい。ぽりぽりと、手の甲をかく。

……ああ。

ああ、ああっ！

帰りたいのに。早く、家に帰りたいのに。

あったかい我が家が、おれを待っているというのに。

くそう。くそうくそう、くそう！　ああ、くそう。こんなことになるなら、図書室なんかに寄らないでさっさと家に帰っておけばよかった！

おれはせめてもとばかりに傘で地面をひとつ強く突いてから、その場で踵《きびす》を返す。

正門を通り、昇降口を反対側へと抜け、グラウンドに出た。地面がひどくぬかるんでいる。泥が靴底に吸いつくようだ。こんな中で捜し物をするだなんて、本当に馬鹿としか言いようがない。

そうしてやってきたグラウンドの片隅で。

鳴沢イリスは、当然のようにまだそこにいた。

やはり半ベソをかきながら。

というかもう、ほとんど普通に泣いていた。

彼女は閉じた蛍光イエローの傘の先で、背の低い生垣を無闇に突《つつ》いたりしている。本人はそれで捜しているつもりなのだろうけれど、心のどこかでもう諦めてしまっているような、そんな心の底が透けて見える。

いつもはふわりとした愛らしい金髪は雨に濡れそぼっている。北海道の春雨はシャワーがわりには冷たすぎたはずだ。ワシントンに住んでいたのなら尚更だろう。服もいたるところがどろどろで、何度も地面についたせいか膝《ひざ》が特に汚れている。スニーカーなんて、水分を存分に吸って泥まみれだ。靴下もさぞかしぐちょぐちょだろう。その感覚を想像するだけで眉根が寄った。

ややあって、鳴沢イリスがおれの存在に気づく。しかし、彼女は口を開かなかった。おれの姿を捉《とら》えるなり、その瞳に溜めていた涙を必死に擦《こす》って、警戒するようにというよりは、むしろ威嚇《いかく》するように表情を鋭くさせるばかり。この状況で、どうしてそんなにも攻撃的になる必要があるんだろう。縋《すが》るような目をされるよりは、いくらかマシなのかもしれないけれども。

迷ったけれど、おれはポケットの中に常に入れているシャープペンシルを掌《てのひら》で弄《もてあそ》びながら、極めて簡単な日本語で何かさがしてるのかと彼女に尋ねた。

しかし鳴沢は、おれがそうして訊くや否やぷいと横を向いたのだから腹立たしい。まさか今しがたの日本語がわからなかったわけではないだろうから、その行為は拒絶以外の何物でもない。今まで鳴沢と直接やり取りしたことなんてなかったけれど、なるほどこれでは確かにあんまりだ。

でも、ここで引き下がるようならおれはわざわざこんな場所には来ない。何故ならおれは別に鳴沢イリスを助けてあげたいからここに来たのではない。単におれがすっきりしたいだけなのだ。自己満足は大事だ。とても大事なことだ。

そういうわけで、おれは早々に奥の手を使うことにする。まあ、奥の手も何も、別に隠していたわけでは全然ないが。

おれは手の中でシャーペンをもう一度くるりと回してから、彼女の口が少しでも軽くなるように、自分の母国語とは異なる言語で——つまりは英語で、何か捜してるのかと訊いているんだから無視するなと、そう切り出した。

〈えっ！〉

すると鳴沢は、目蓋《まぶた》と平行になった二重《ふたえ》のラインが綺麗なその目元を、それはもう限界まで見開いてから、

〈あなた、英語できるの⁉〉

ひどく驚いた様子をそのままに英語で声を上げ、同時にいかにもしまったというような表情を浮かべた。そんな鳴沢を前に、おれは不思議な達成感を覚える。あれだ。用水路にいた大きなザリガニをうまく釣り上げたときと、似たような感覚だ。

鳴沢イリスの問いに頷きを返すと、彼女はさすがにおれとのコミュニケーションに戸惑っていたようだが、それでもおずおずとした口ぶりで、

〈な、なんで英語できるの……?〉

と、返してきた。

何故、おれが英語ができるか。そんなもの、理由はひとつしかないだろう。

勉強しているからだ。

かなり昔から。それも、かなり真面目に。

というのも、宇宙に関するニュースというのは、英語圏、特にアメリカから発信されることが圧倒的に多い。それにＮＡＳＡだろうがＪＡＸＡだろうが、宇宙に関わる場所で働くのならば、英語は絶対に必要なスキルというか、もはやそれはスキルという扱いですら

ないほどの、身につけていて当たり前のものだ。

だからおれは、小学校に入学したときからもう五年以上、英語の勉強を続けている。一年と少し前までは近所に住んでいた帰国子女の大学生に家庭教師をお願いしていたから、ヒアリングだってそれなりだ。何かと変わった人ではあったが、こうしてネイティブスピーカーと意思疎通《そつう》ができているのだから、英語を教える腕は確かだったのだろう。

鳴沢イリスは驚きのあまりか、未《いま》だに陸に打ち上げられた鯉《こい》のように口をぱくぱくさせているが、いつまでもそれに付き合っているわけにいかない。別に恩を売るつもりもないから事情を話せと、早々に促す。おまえのせいで今日は本が読めなかったんだとも伝えたかったが、意味がわからないだろうからやめておいた。

英語で言葉をかけてもなお、鳴沢は訝《いぶか》しむような目つきをこちらに向けている。それでも言語の一致によって多少なりとも心の防御壁を崩すことはできたようで、彼女はぽつりと言った。

〈メアリー、いなくなったの〉

ほほう。

そうかそうか、メアリーがいなくなったのか。それは大変だな。

〈誰だよ〉

〈ぬいぐるみ！　うさぎの！〉

鳴沢がすぐさま声を張り上げる。

なるほどな。ぬいぐるみ。というと、鳴沢が転校初日から持ってきていた、あの白くて少し薄汚れていて、くたっとしたやつか。

いつどこで失くしたんだと尋ねれば、鳴沢は眉尻を少し上げて、

〈昨日の四時間目、体育の前には絶対にあったの〉

体育の授業か。

それはなんとも、ありがちなことだ。

体育の時間のあとにものがなくなったということは、大方、隠されたか盗まれたかしたのだろう。確率としては前者のほうが高いはずだ。ものを隠すのと盗むのとでは、やられた側からしたら同じような結果だけれど、やる側の行為の根っこはかなり違うものだ。いやがらせ目的でものを盗むということは、きっとあまりないとおれは思う。

〈バッグの中にちゃんと入れてたはずなのに、昨日のお昼休みにはなくなってた〉

そう言って、鳴沢はしわになるのを気にする様子もなくスカートの裾をぎゅっと握りしめる。また今にも泣き出しそうだ。

〈たぶん、苅屋のグループだろうな〉

茢屋修子は、六年二組のリーダーでありボスみたいな女子だ。彼女が実際に手を汚したのかまでは知らないが、人のものを隠すなんてそれなりに大それたことができるのは、うちのクラスでは彼女くらいのものだ。

〈……きらい〉

そんなことを考えていると、目の前の鳴沢は拗《す》ねたように、

〈カリヤシュウコ、きらい〉

そのなんとも憎々しげな言い方に、おれは少しにやりとしてしまう。

鳴沢にとってクラスメイトなんて、全員等しく道ばたに転がる空き缶レベルなのかと思っていたが、どうやらそう単純なものではないらしい。

しかし、さっきからなんでグラウンドの周りばっかり捜してるんだ？　何かここに隠したという確証でもあるのかと思ってそう尋ねると、鳴沢は口先を尖らすようにして、

〈だって、体育の時間になくなったから……〉

なんでだよ。

仮に体育の時間に隠したとしても、ぬいぐるみなんて目立つものを普通はグラウンドに持ってこないはずだ。たぶん着替えのときか、もしくは教室からグラウンドに移動する間にどこかに隠したんだろう。教室はちゃんと調べたのだろうか？

〈調べたもん！〉

鳴沢は声を鋭くするが、怪しいものだ。

一口に教室と言っても、教室にある全ての机、ロッカー、掃除用具入れ、さらには給食袋の中と、捜せるところはグラウンドなんかよりよほど多い。

そのあたりも全部しっかり調べたのかと追及すると、案の定、鳴沢イリスはすぐさま自信なさそうに表情を曇らせて、

〈そこまでは、調べてない……〉

ほら見たことか。グラウンドの隅なんかを調べるより、まずそのあたりからだろうに。

呆れたとばかりに肩をすくめると、鳴沢はまるで先生に怒られでもしたかのような表情を浮かべながら、なんとも言い訳がましく、

〈だって、他人《ひと》の机の中とか、見たらダメだし〉

それは確かに、そうなんだけどさ。

でも、こういうときまでそう四角四面でなくてもいいと思うんだけど。子どもっぽい見た目に反して、鳴沢は意外に大人なのか？

いや、違うか。逆だ。

小さい子どもって、往々にして悪いことと良いことの境界を、臨機応変にずらせないも

のだもんな。トイレに行きたくて我慢の限界にもかかわらず、交通量ゼロの道路の赤信号を頑《かたく》なに守ろうとしたりだとか。交通ルールを守ることはもちろんとても大事だ。でも、時と場合によるというのは何事に関しても言えるだろう。

なんにせよ、まずは教室からだな。

おれがさっさと歩き出すと、鳴沢イリスは微妙に距離を空けてはいるものの、とぼとぼとした足取りで素直に後をついてきた。

六年二組の教室は、校舎の最上階である四階にある。

時刻はもう四時過ぎということもあって、教室には誰もいなかった。ありがたい。誰か他のやつがいたら色々と面倒だったろうから。

教室の後ろにはスチール製のロッカーが壁に沿ってずらりと並んでいて、生徒一人一人に割りふられている。そのロッカーには扉はあるけれど、鍵はついていない。

おれは机の中を捜すから、おまえは全員のロッカーを調べるようにと促すと、鳴沢は不安げな顔つきで、

〈他人のロッカー触って、怒られない？〉

……先生に怒られるのとぬいぐるみが見つからないの、どっちが嫌なんだ。

すると鳴沢は、口を引き結んでむっとした表情を浮かべながら、

〈ぬいぐるみじゃないもん、メアリーだもん！〉

反抗のつもりなのか全くもって意味のないことを叫んでから、クラスメイトのロッカーをひとつひとつ漁《あさ》り始めた。

おれのほうも、四十脚近くある机の中を調べ始める。

ほとんどの生徒の机は、ひょいと中を覗くだけでぬいぐるみなんて入っていないとわかる。けれど、プリントやら教科書やらをぎゅうぎゅうに押し込んでいるやつも少なからずいたし、その少なからずの中にはカビかけた給食のレーズンパンをそのままにしている馬鹿もいた。ちなみに心優しいおれは、それをそいつの机の中に入っていたプリントの中でも、特に重要そうな〝授業参観のお知らせ〟でくるんでゴミ箱に捨ててやった。いつの日か母親に怒られるがいい。

しかし、最後の机の中を確認しても、うさぎのぬいぐるみは見当たらなかった。

おれに少し遅れて鳴沢イリスもロッカーを調べ終わったみたいだけれど、その青い瞳をおれに向けるなりすぐに首を横に振った。どうやら、向こうも空振りらしい。

その後、教室の壁にかけられているクラスメイト達の給食袋の中も捜したが、こちらも空振りに終わった。というか、今日は金曜日なんだから家に持ち帰って洗濯するのが当然

なのに、いくつも残っているのはどうかと思う。何週間も放置しているやつもいそうでぞっとする。

他にも、掃除用具入れの中やら教壇の中やら、思いつく限りの場所を捜してみるも、うさぎのメアリーちゃんは見当たらなかった。

〈ないじゃないー！　教室にないじゃないー！〉

さて次はどうしたものかと悩んでいたところ、鳴沢はその場でじたばたとして、まるでメアリーの紛失がおれの責任であるかのように声を荒らげてくる。仮にも手伝ってやっているというのに、こんなことを言われたら不機嫌になるのが当たり前だが、ここまで子どもっぽいと怒りすら覚えないのだから不思議だ。

というか、別に教室に絶対あるなんて断言したつもりはない。体育のとき、着替えは男女ともにここでするから、ここにある可能性が高いかもと考えていただけだし。

しょうがない。

気は進まないが、次はトイレを捜すか。悪意による失せ物と言えば、トイレで発見されるのが相場というものだ。どこの相場かまでは、よく知らないけど。

〈捜したもん！　トイレも、もう捜したもん！〉

ホントにもう、文句ばっかりだな、おい。

捜したって、男子トイレもか？　教員用のトイレも、ひとつ残らず全部捜したのか？

鳴沢は一瞬怯《ひる》んだが、対抗しているつもりなのかすぐに顔を赤くしながら前のめりになって、叫ぶ。

〈わたし、女の子だもん！　先生でもないもん！〉

学校中のありとあらゆるトイレを、男女ともに捜した。

グラウンドの倉庫の中も捜した。そこにある跳び箱も全て中まで確認した。うさぎ小屋も確かめた。本物のうさぎしかいなかった。水を張っていないプールの底も金網をよじ登って覗いてみた。落とし物としての届けもなかった。体育館にも、図書室にも、理科室にも、図工室にも、パソコン室にも、放送室にも校長室にもなかった。

鳴沢は途中からずっとめそめそしていた。メアリーいないよー、メアリーどこー。メアリー返してよー。メアリーメアリー、それぱっかり。

けれど、そんなメアリー連呼にもさすがに疲れたのか、言葉数が明らかに少なくなってきたところに、

「もうすぐ五時になります。学校に残っている児童は、すみやかに下校しましょう」

そんな、下校を促す校内放送がスピーカーから流れてくる。腕時計を見れば、時刻はち

ょうど五時だった。確か六時になったら、用務員さんが門を完全に締めてしまうはずだ。

見れば、鳴沢はなんとも疲れきった顔をしている。考えてみればうさぎのメアリーがなくなったのは昨日のことなのだから、こいつはたぶん昨日も同じように遅くまで捜していたのだろうと、今さらながら想像がついた。

おれがそんなことを考えつつ立ち止まっていると、鳴沢は思わずといった感じでその場に座り込む。

彼女の膝についていた泥は乾燥して薄い土の膜となり、ひび割れのようになっている。おれの視線で鳴沢もそれに気づいたのか、乾いた土を指先で払った。その指先も、草か何かで切ったのだろうか、少し血がにじんでいるのがなんだか痛々しい。

そんな鳴沢イリスを前にして、おれはここにきていままでとは別の種類の苛立ちを覚えた。

ほんの軽い気持ちだっただろう、やったほうは。

だって、単なる薄汚れたぬいぐるみだ。

なくなったところで、どうにかなるわけじゃない。断定はできないが、それほど高価なものでもないだろう。それに、本当なら学校に持ってきてはいけないようなものだしな。

気に食わない、社交性の足りない転校生への、ささやかな悪意だ。

気持ちはわからないでもない。でも、指先にほんの少しつけただけのような悪意ですら、他人に痛みを与えるには十分なんだ。そんな簡単なことが、どうしてわからないのか。確かに十二歳のおれ達はまだまだ子どもだ。けれど、それでもこんなのは幼すぎると思う。右も左も良いも悪いもわからない赤ん坊では、もうないはずなのに。

傘を差していたとはいえ春雨を存分に浴びた鳴沢の服は、まだずいぶん湿っている。いつまでもこのままでいたら、風邪を引いてしまうかもしれない。

もう帰ったほうがいいと、素直な想いで鳴沢に帰宅を促す。けれど鳴沢は、その提案に小刻みに首を横に振るばかり。仕方がないので、あとはおれが捜しておくからと付け加えても、鳴沢はやはりかぶりを振って、

〈まだどこか、捜すところある?〉

どうやら、諦めるという選択肢はないらしい。鳴沢にとって、自分が風邪を引くことよりも、ぬいぐるみが見つからないことのほうが耐えがたいようだ。

そんな鳴沢の根性に敬意を示して、おれは彼女を学校の裏門の脇にあるごみ置き場へと導いた。

目前のごみ置き場には、おれが想像していた通り、ごみがぱんぱんに詰まった透明なごみ袋がうずたかく積まれていた。この場所に業者が回収に来るのが水曜と土曜の朝なので、

その前日この場所はこうしてごみで溢れるのだ。まあ、ものを捜しているのだからすでに回収されて空っぽというのよりは、こっちのほうがマシなのかもしれないけど。

正直、ここをいの一番に捜すべきだとはわかっていた。ただ、山ほどあるに違いないごみ袋をひとつひとつ調べるのが嫌だったのだ。何せ臭いし、汚いし。

でもこのごみ置き場以外に、もう捜すべきところは思いつかない。もしここになければ、本当に本当のお手上げだ。

早速、どちらからともなく手分けしてごみ袋をひとつひとつ開いていく。教室から出たものがほとんどなので、さすがに生ぐさい臭いを発しているようなものは少ない。しかしそれでも、他人のごみを素手でごそごそやるというのは、正直なところかなり不快だ。衛生的にというよりは、精神的に色々とくるものがある。

ただ、服に汚れがつくことも厭《いと》わず、すぐ隣で鳴沢が少しも迷うことなくごみに手を突っ込んでいくのを見せられては、おれだって弱音を吐くことはできない。

きっと、よほど大切なものなのだろう。おれの目には単なるくたびれたぬいぐるみに見えようとも、そのうさぎのメアリーとやらは。

なあ、メアリーやい。

おまえ、本当に愛されてるぞ。

だから早く、出てきてやんなさいよ。

果たしてそんなおれの柄にもない願いが、メアリーに通じたわけではないだろうけれど。ごみ袋でできたピラミッドの六割ほどを、鳴沢と二人で崩した頃、ほとんど機械的に手にした新しいごみ袋の口を開くと同時に、彼女はついにおれの目の前にその小さな姿を現した。

瞬間、おれは思わず驚きと喜びから目を見開いたが、そうした喜びを浮かべることができたのは束の間だった。

思わず舌打ちする。

ごみ袋の中で声もなく横たわるうさぎのぬいぐるみは、いつかおれが目にしたときとは、その姿がずいぶんと異なっていた。

……油、だろうか。

なんだろう、正体はよくわからない。

けれどとにかく、ごみ袋の中で横たわるメアリーは、そんな油にも汚水にも見える少し粘り気のある液体でひどく汚れていた。元から多少は薄汚れていたはずだが、いまおれの目の前にあるぬいぐるみの汚れ方は、それとは比べ物にならなかった。その姿はまるで、社会科の資料集か何かに載っていた、海に流出した重油にまみれた海鳥のよう。

どうして？

そんな純粋な疑問が、胸に浮かぶ。

なんで、ここまでやる必要があった？　見つからないことが前提だった、というのはあるだろう。でも、ここまでするほど鳴沢のことが気に食わなかったのか？

そうしたクラスの誰かの悪意に対する怒りが、表情に出ていたのだろう。おれと同じようにごみを漁り続けていた鳴沢が、ふっと顔を上げて尋ねてきた。

〈どうしたの？〉

訊かれても、おれはただ苦い顔つきのまま視線を彼女に向けることしかできない。

当然、彼女は訝しむような顔つきでこちらに近づいてくる。そのままおれの手元を覗き込むようにして、開かれたごみ袋の中を見た。

〈……うう〉

その中で、あまりに変わり果てた姿になっているメアリーを目にするや否や、

〈ふっ、うっ、ふぐぅ……〉

泣き声を堪《こら》えるように下唇を噛みながら、涙をぽろぽろと流し始めてしまった。ああ、ああ……目を擦るなよ。そんなごみを触りまくった雑菌だらけの手で、目を擦るんじゃな

い。

泣きじゃくる鳴沢の横で、おれはメアリーを救出する。意識して、汚いものを指先でつまむようにではなく、きちんと手で掴むようにして。粘性の高い、ぬるりとした感触が掌《てのひら》に伝わってくる。わずかにためらったものの、鼻を近づけて軽く臭いをかぐ。無臭ではなかった。覚えのある臭いだ。ただ意外にも、不快感はあまり……いや、ほとんどなかった。なんだろう、どこかでかいだことのある臭いだけれどはっきりとは思い出せない。

ただ、こうして触った感じからすると、まだ汚れは定着していないようだ。

これならきっと、まだなんとかなる。そう思えた。

〈うう、はやく、はやく洗ってあげないと……〉

泣きながら、鳴沢が手を差し出してくる。けれどおれはかぶりを振り、メアリーを地面にそっと置いた。これは、水洗いなんかしたらダメだ。そんなことをしたら余計に汚れが落ちなくなってしまう。

汚れた手をハンカチで拭いてからそう説明すると、鳴沢は縋るような目をして、

〈じゃあ、どうすればいいの……?〉

大丈夫。

鳴沢の問いに、おれははっきりとひとつ頷いてから、彼女を少しでも安心させるために

口の端を上げて、おどけるように伝えてやる。

おれの家には、魔法を使えるじいさんがいるのだと。


二十分後。

さくらクリーニングの二階、ボイラー室にて。

哲じいは怒っていた。

それはもう、四角い顔を赤くしてめちゃくちゃに怒っていた。

「ひどいやつがいたもんだな」

鳴沢に向けられた、その汚れきった悪意の塊《かたまり》を前にして、眉間にそれはそれは深いしわを刻むようにして怒りを露《あら》わにしていた。

「もし自分の孫がやったんだったら、男だろうが女だろうがぶん殴ってるところだ」

憤慨とともに己の教育方針を口にしつつ、汚れてしまったうさぎのメアリーをためつすがめつしている哲じいに、おれはメアリーに付着している汚れの種類を尋ねる。

「水性のフロアーポリッシュだろうな」

フロアーポリッシュ?

間髪を容《い》れずに答えは返ってきたものの、聞き覚えのないその単語を前におれは首を傾げる。すると哲じいは、すぐに説明を追加してくれた。

「要するにワックスだ。頭につけるやつじゃねえぞ。床に塗るほうだ」

ああ！

そうか。なるほど、ワックスだったのか。言われてみれば、すぐにピンとくる。どうりでどこかでかいだことのある臭いだと思った。

「ただ、だいぶ水で薄めてあるな。あえて薄めたわけではないだろうが。大方、ほとんど空になったワックス缶が放置されていて、それに雨水でも溜まっていたんだろう」

それはいかにもごみ捨て場の近くにありそうなものだ。それを偶然見つけて、わざわざ浸したのだろう。

「あの、きれい、なりますか」

鳴沢はいかにも不慣れそうな日本語で哲じいにおずおずと尋ねる。クラスメイトとは頑なに話そうとしないくせに、哲じい相手なら別に構わないようだ。

「おう、心配するな。ぴかぴかのふわふわにしてやるさ」

と、哲じいは鳴沢に向かって力強くひとつ頷く。

「ついでにその汚れた服も全部洗ってやるから、脱ぎなさい」

そう言いつつ、今度はこちらを見て、

「ハル、お前もだぞ。それと、その子になんか服を貸してやれ」

言われるがままに従う。鳴沢も哲じいの日本語をどこまで正確に理解しているのかは知らないけれど、おれが自分の部屋からTシャツと短パンを持ってくると素直にそれに着替えた。それこそ、異性であるおれの目などまるで気にすることもなく。……まあ、いいけど。おれは別にいいんだけど。

〈洗い終わるまで、どのくらいかかりそう?〉

英語で鳴沢がおれに尋ねてくる。それをそのまま哲じいに訳して伝えると、哲じいは壁にかけられた時計に目を向けた。おれもその目線を追うようにすると、時刻はいつの間にやら午後六時を回っていた。

「そうだな。石油系の溶剤を使うわけじゃあないから、乾燥にはそんなに時間はかからんだろう。それでもまあ、十一時は過ぎるぞ」

「十一時」

そう繰り返したのは、鳴沢だ。石油系云々のところまで理解できたかは知らないが、哲じいの日本語をわざわざおれが訳してやる必要はないようだ。

しかし、十一時か。それではさすがに仕上がりを待っていることはできないだろう。もしも近所に住んでいるのなら、何なら明日の朝におれが届けてやっても……。

いや、いやいや。

一瞬でも、そんな考えを持ったことに、自分自身で驚く。おれはいつから、こんなに親切な人間になったんだろう。どうやらおれは、鳴沢のために折角の土曜日に早起きするくらいは構わないと思ってしまっているらしい。なんてこった。

その鳴沢は、おれと哲じいの顔を交互に見てから、わずかに視線を伏せつつ、指先を身体の前で擦り合わせて何やらもじもじしている。お手洗いでも我慢しているのかと思ったけれど、どうやらそうではないらしく、鳴沢は縋るような上目遣いでおれを見て、

〈終わるまで、待ってたらダメ……?〉

いや、ダメって言われてもな。夜の十一時だぞ? 親が心配するだろ。

だが、おれがそう伝えても鳴沢は首を横に振るばかり。一体、どういうことだと訝しんでいると、哲じいがおれの肩を叩いた。

「ハル、なんて言ってるんだ?」

そう問われ、鳴沢が仕上がるまで待っていたいらしいことを哲じいに伝える。すると、

「まあ、別にいいんじゃないか? 待ちたいなら、待っていればいい」

あろうことか、哲じいはその頑固そうな顔に似合わない暢気な言葉を返してきた。

「なんだったら、泊めてやればいい。明日は土曜日で学校もないんだろう? ちょうどい

いじゃないか」

さらに加えて、そんなことまでも。

〈泊まってもいいのっ？〉

哲じいの言葉を耳にした途端、鳴沢はまるでトウモロコシが一瞬のうちに弾《はじ》けてポップコーンになるみたいに、ぱっと満面の笑顔になる。

本気なのかと思わず哲じいに目を向ければ、その哲じいは軽くあごを擦るようにしながら、

「何か問題があるか？」

いや、確かに問題ってほどのことは、ないだろうけど……。

「もちろん、向こうの親御さんの了解を得てからだけどな」

そう言いつつ、哲じいは鳴沢の金色の頭の上に手を置いて乱暴に撫でる。意外にも鳴沢はそれを拒むような素振りは見せず、されるがままなんだか妙に嬉しそうにしていた。

〈それじゃあ、家に電話してくる！〉

そう告げるや否や、鳴沢は足下に置いてあった革のバッグの中から携帯電話を取り出すと、ボイラー室から勢いよく飛び出していった。

哲じいはそんな鳴沢の背を見送りながら、口を横に広げるようにして楽しげに笑って、

「なかなかいい子じゃないか。なあ？」

なあ、と言われても。少なくとも、一般的に言われているようないい子とは、全然違うタイプのような気がするよ、おれは。

などと考えていたところボイラー室のドアが再び開き、鳴沢がその隙間から顔を覗かせる。なんだもう電話したのかと軽く目を瞠ったが、どうやらそうではないらしい。

鳴沢はおれに視線を向けながら、携帯電話を片手にこちらへと近づいてくる。まさか、電話を代わってくれだなんていう、あり得ない無理難題を押しつけてくる気じゃあるまいなと焦っていたら、鳴沢は、彼女にしてはずいぶん珍しいことに——というほど彼女を知っているつもりもないけれど、それでもとにかく今まで見せたこともないような、どうにもバツの悪そうな表情をこちらに向けて、

〈あなたの名前、教えて？〉

……その問いに、おれは思わず眉根を寄せながら、教える。

〈佐倉ハルだ。同じクラスのな〉

どうやら、今しがたの英語のやり取りは哲じいでも理解できたらしく、呆れ果てるおれの横で大口を開けて笑っていた。

予想通り、母さんと父さんは、金髪でしかも日本語をあまり話せない少女の突然の来訪にひどく困惑していた。しかし、我が家で最も発言権のある哲じいが了承した存在を帰すわけにもいかず、戸惑いながらではあるものの彼女の宿泊を認めた。

夕食の時間、いつもなら四人で囲む食卓の、そのお客様用の席に鳴沢が、緊張した様子もなくちょこんと腰をかけている。純和風というよりは単に古くさいだけの佐倉家に瞳の青い外国人の女の子がいるのは、なんだかとてつもない違和感がある。まあ、外国人と言っても正確にはハーフだけど。

しかも今日の夕飯は、うま煮だの焼き魚だの酢の物だの、老人向けというか、正直なところあまり箸《はし》の進むものではなかったので鳴沢は大丈夫かなと思ったが、意外にも好き嫌いのようなものはないらしい。折角だから、おれのもずく酢をそっと差し出したいくらいだ。酸《す》っぱいのはどうにも、苦手なのだ。

「お箸も上手に使うのねえ」

母さんがそう言う通り、鳴沢は箸の持ち方も完璧だし、背筋もピンと伸びていておれはそれを意外に思う。褒められたことがわかったのか、鳴沢は上手に使えますとアピールするように箸を掲げて動かすが、それはあんまり行儀良くはないな。

「鳴沢さんは、どこに住んでるんだい？」

父さんが尋ねる。通訳したほうがいいかなと思ったが、やはり鳴沢もこのくらいの日本語は問題なく理解できるらしい。

「あさみグランドタワー、です」

「というと、あのやたらと背の高いやつか」

とは、哲じいの声。

朝見グランドタワーは、三年ほど前に駅前にできた高層マンションのことだ。

この商店街の近くはそれほどでもないが、ここ数年はこの街にも色々な場所に高層マンションが造られ始めている。グランドタワーは、建設中から話題になっていた高級マンションで、この周辺の建造物の中では飛び抜けて背が高い。

「ああ、あそこかあ。うちのお客さんも何人かいるけれど、皆さんハイブランドの服を出してくるね。ありがたいことだけど」

縁なし眼鏡のブリッジを押し上げながら、父さんが暢気な口ぶりで言う。父さんは店の集配を全て一人でやっていることもあって、地域の内情にはまあまあ詳しい。ちなみに父さんは、婿入り《むこい》という形で佐倉家にやってきた物好きな人だ。

「そりゃあねえ。あんな素敵なところ、私達じゃあ家賃を払っただけできっとすってんてんになっちゃうわよ」

母さんが、続けてそんなことを口走る。

おれは、あまり得意ではないうま煮の干ししいたけの味も手伝って、たまらず不愉快になる。父さんは怪しいラインだが、母さんの今の発言は明らかに皮肉が混じっている。

「桂子《けいこ》。子ども達の前でそんな話をするんじゃない」

そんなおれの静かな不機嫌をすくい取るように、哲じいが母さんを注意する。

「あ、ごめんなさい。その、別に変な意味はないのよ……？」

すると母さんは情けないほどに顔を青くして、取《と》り繕《つくろ》うような笑みをおれに向けながら、

「ごめんね、ハル」

おれはそんな母さんの表情のせいでさらに不快さを加速させながらも、腹の底でなんとかそれを抑え込む。母さんのこういう表情なんて、もう慣れたものだと自分に言い聞かせて。

そんなタイミングでちょうど食べ終わったので早々に席を立とうとしたら、すぐさま哲じいの叱責が飛んできた。

「おいこら、ハル。友達が食べ終わるまで待ってやらんか」

言われ、すぐに座り直す。

気づけば、そんなどうにもちぐはぐな佐倉家の様子を、鳴沢が青い瞳を瞬かせながら見

ていた。

彼女の目にはこの家族はいまどんなふうに見えているのだろうと思うと、おれは恥ずかしさで頬が赤くなるばかりだ。

夕飯のあと、自室で机に向かって参考書を眺めていると、鳴沢が部屋に入ってきた。腰まで届く髪の毛は濡れていて、柔かそうな頬を朱に染め、いかにも風呂上がりといった感じだ。ちなみに服装はおれが数年前まで着ていた、ポケモンの柄のパジャマだ。

〈ハル、お風呂あいたよ〉

教えたばかりの下の名前を、気安く呼び捨てにされる。まあそれは全然構わないんだけれど、女子が相手だとさすがにおれだって妙なむずがゆさがあったりもする。

立ち上がると、鳴沢は今までおれが開いていた参考書に目をやった。

〈なあに、それ？　理科の参考書？〉

似たようなものではある。

〈面白い？〉

言葉を返す代わりに、二度ほど頷く。

〈ふうん？〉

鳴沢は、興味があるのかないのかわからないような相槌を打ってから、今度は部屋にある本棚を興味深そうに眺め始める。漫画もいくらか差してあるけれど、ほとんどが宇宙に関する本だ。

鳴沢にもそれはわかるようで、

〈ハルは宇宙が好きなの？〉

その問いにも、素直に頷く。

〈ねえ、何か読んでいてもいい？〉

お好きにどうぞと伝える代わりに、おれは本棚に向かって片手を差し出してから部屋を出て、そのまま風呂へと向かった。

なんだか、鳴沢と普通に意思疎通できている自分にちょっと驚いてしまう。彼女のぬいぐるみ捜しを手伝ったことで、多少なりとも信頼を勝ち得たということなのだろうか。そう考えると、さほど悪い気はしない。

カラスの行水よりはいくらかマシなくらいの時間で風呂を出ると、鳴沢はおれの机の前の椅子に座って、出しっ放しにしてあった風船ロケット二号の図面を眺めていた。髪くらい乾かしたらどうなんだ。

近づくと、鳴沢は少々興奮した様子でこちらに振り返った。

〈ねえねえ、ハル。これはなんの設計図？　ＵＦＯ？〉

そんなわけあるか。確かに見た目はちょっとばかしＵＦＯっぽくはあるけれど。

バルーンロケットではなく、日本語の発音の通りに風船ロケットだと伝えると、途端に鳴沢は興味津々《しんしん》とばかりに目を見開いた。

〈なにそれ！　ペットボトルロケットみたいなの？〉

それよりはもう少しすごい。上手くいけば、成層圏くらいまでは行けるからな。

おれは少しだけ自慢げにそう教えたのだが、しかし鳴沢はぽかんとした顔で首を傾げる。

〈成層圏ってなに？〉

一瞬、単語を間違えたかと思って目線を落としたが、さすがにこんなにも基本的な宇宙に関するワードを間違えたりはしない。となれば、鳴沢の知識の問題だろう。

〈空の上のほうのことだよ。高度十キロくらいから五十キロくらいにある層。アメリカの学校では習わなかったのか？〉

〈知らなあい〉

どうやら鳴沢は勉強はあんまり得意なほうではないらしい。まあ、利発そうなお子さんにはとても見えないものな。

〈ねえねえ、ハル、ゲームないの？〉

自分の知らない単語をきっかけに風船ロケットへの興味も冷めてしまったのか、鳴沢はころっと話題を変えてくる。

〈何かして遊ぼうよう〉

残念ながら、この家にはテレビゲームの類はない。他の遊び道具のようなものもトランプくらいしかないだろうし、下手するとそのトランプすらも存在するか怪しいところだ。

そもそも、おれがこの家に友達を呼ぶことなんてないからな。それこそ、去年までは三好が気まぐれにやって来ることもあったが、そのときだってあいつが何らかの遊び道具を持ってくるか、そうでなければおれの部屋で漫画を読んでくつろいでいるくらいのものだったし。

〈ええー、つまんなーい!〉

おれの部屋に楽しめるものがないことがわかるや否や、鳴沢は机を離れ遠慮も何もなくおれのベッドの上にダイブする。シーツが湿気るから、濡れた髪で横にならないで欲しいんだけど。

〈ねえねえ、ハルー〉

今度はなんだよとうんざりしながら目を向けると、鳴沢はおれの枕を抱えるようにしながら起き上がって、一言。

〈ハルは、パパとママと喧嘩してるの？〉

前触れなくそう問われて、おれは思わず眉をひそめてしまう。先週も、どこぞのお人好しに同じようなことを言われた気がする。

だからこそ、そのときと同じようにおれは否定する。別に、喧嘩なんてしてないさ。

〈えー、嘘だあ。だって、あんまり仲良しに見えなかったよ？〉

しかし、空気の大いに読める三好とは違って、鳴沢は土足どころかブルドーザーみたいな勢いでずかずかと遠慮なく人の心の内側に踏み込んでくる。

他人の顔色に合わせて言葉を選ぶことをしない、というかできない彼女だからこそそのストレートな物言いを前に顔が強ばる。彼女のデリカシーのなさにではなく、彼女の幼い瞳にすらおれはそのように映っているのだという、その事実にだ。

適当に無視してしまってもよかったのだが、なんというか、こんな彼女に対してなら逆になんと返してしまってもいいような気もする。

なので、ストレス発散をかねて素直にこぼすことにする。

実は去年に少しだけ、と。その程度だが。

〈ほらあ、やっぱりー！〉

自分の考えが正しかったことが嬉しいのか、あるいはおれが両親と喧嘩していることが愉快なのかは知らないが、鳴沢は小ぶりな白い歯を見せながらなんとも楽しそうに笑う。

そして、

〈それじゃあ、わたしと一緒だねえ〉

無邪気な笑顔をそのままに、彼女は口にする。

〈わたしもね、パパとママのこと大嫌いなの！〉

そんな、なんとも反応に困ることを、平然と。

そのあからさまな問題発言を前に、おれがすぐには言葉を継げないでいると、

〈パパは仕事人間でね、ママはパパのメイドロボットなの〉

鳴沢は腕の中に抱えたおれの枕を弄ぶようにしながら、おれの目を見ずにそう続けた。

〈わたしのことなんて、いつもどうだっていいの〉

……ええ。

これは、どうしたらいいんだろう？

普通に聞き流してしまっても、いいものなのだろうか。というか鳴沢は、さっき本当に両親に電話していたんだろうかと不安になって、思わず訊くが、

〈なんで？　ちゃんとしたよ？〉

尋ねられた鳴沢は、なんともきょとんとした表情で、

〈明日の朝に、パパが迎えに来るって言ってたもん〉

そ、そうか。いやまあ、連絡してあるのならいいんだけども。

〈ねえねえ、ハルはなんで英語がわかるの？〉

こちらの心の準備など構うことなく飛び出た鳴沢のわりと深刻そうな発言に、おれは戸惑いを隠せないのだけど、当の本人はそんなことは気にする様子もなく話題をころりころりと変えてくる。

〈ねえねえ、なんでなんで？〉

鳴沢の息つく暇もないねえねえ攻撃に、おれは小さく息を吐く。英語ができる理由なんて、それこそメアリー捜しをしているときに教えた通りでしかない。勉強しているから。それ以上でも以下でもない。

〈違う！　そういうことじゃなくて！〉

おれの答えはお気に召さないようで、鳴沢はしばし言葉を考えるように思案顔を浮かべてから、改めて尋ねる。

〈どういう理由で英語を勉強しているの？　英語が好きだから？〉

ああ、そういうこと。

〈ＮＡＳＡってわかるか？〉

〈NASA!〉

さすがにその単語には覚えがあるようで、鳴沢は妙に嬉々として反応し、

〈あのね、NASAはワシントンにあるんだよ！　わたし、見たことあるよ！〉

もちろん、そんなことはおれだって知っている。知っているし、実際、羨《うらや》ましい。

鳴沢の言うように、NASAの本部があるのはワシントンだ。ただ、おれとしてはロケット発射基地のあるフロリダのほうが憧れが深い。

〈おれは、NASAかJAXAのエンジニアになりたいんだ〉

〈JAXA？〉

〈日本のNASAみたいなもの。NASAの友達だ〉

〈へえ！　じゃあ、ハルはロケットを作る人になるんだね？〉

面と向かってそう言われると、妙に恥ずかしいが、

〈なれるかわからないけどな〉

〈へええ！　へえぇー！〉

鳴沢は、なんだかおれの進路に興味津々だ。見開かれた青い瞳が妙に輝いて見える。おれがエンジニアを目指していることがそんなに面白いのだろうか。本当に、よくわからないやつだ。

しかしまあ、なんだ。教室でいつも浮かべている、エサが足りないことにふてくされている猫みたいな顔よりは、今みたいに楽しそうにしているほうが、ずっといい。教室でも、そうやって楽しそうにしてればいいのに。

そう思って、気まぐれとはいえ素直にそう伝えれば、鳴沢はまるで頭から冷や水をかけられたかのように急に大人しくなってしまう。

〈やだ〉

そして、そんなふうに極めて短くおれの提案を拒絶する。

〈だって、いじわるするやつもいるし〉

そんなもの、それこそぶすっとしてるからだろうに。しかし鳴沢は納得できないようで、

〈そんなことないもん。ハルだって教室ではいつもとってもぶすっとしてるけど、ハルには誰もいじわるなんかしないじゃない〉

……この野郎。

おれの名前は知らなかったくせに、おれが教室で仏頂面していることは知ってるのか。

だが、鳴沢はちょっと誤解している。

おれがいじわるをされないのは、単に友達がいないからだ。

いや、違うか。

意地の悪いことをしようと近づいてくるやつすらいない、寂しいやつだからだな。

しかし鳴沢の場合は、そうじゃない。

きっと、今からでも鳴沢がいまおれの前でそうしているように明るく振る舞えば、友達になってくれるやつはたくさん……は、もういないかもしれないが、それでも少しはいるはずだ。そうして友達が増えれば、おのずといじわるをするやつも少なくなってくるさ。

などと、おれはらしくもなく諭したのだが、

〈別にいいもん!〉

鳴沢は眉尻をきっと吊り上げて、抱えていたおれの枕をベッドのマットレスに打ち付けて無闇に埃を立たせる。

〈友達はハルだけでいいもん! 他の人なんていらない!〉

ちょっと待て、いつからおれはおまえの友達になった? 一方的に友達認定しないでもらいたい。

〈だからね、わたしすごくいいこと考えたよ!〉

いま、目の前の彼女の中で何がどうなって〈だからね〉に繋がったのかは知らないけれど、鳴沢は急にそんなことを言う。

ただ、なんとなく嫌な予感がする。彼女の言うところのいいことが、おれにとってのい

いことであるとは、もう全然限らない。

なんだよ、そのいいことってのは。

そんなふうに尋ねようとしたちょうどそのとき、建て付けのあまりよろしくない襖《ふすま》がかつんと開いて哲じいが顔を覗かせた。

「おいこら、夜遅くに大声で騒ぐんじゃない」

言われた鳴沢は、静かにしますのジェスチャーなのか、目を丸くしながら両手でぱっと自分の口を塞いだ。哲じいの言うことは、素直に聞くらしい。

「メアリー、きれいになりました？」

青い瞳を哲じいに向けながら、鳴沢は日本語で尋ねる。意外にも、ちゃんと敬語だ。

「まだ風呂に入っているところだから、もう少し我慢しな。メアリーにも、たまには長風呂させてあげないと可哀想だろう」

哲じいの四角い顔から、メアリーだなんて単語が出てきて思わず噴き出しそうになる。それに長風呂って。哲じいにそんなユーモアがあったことが驚きだ。

「それと、りんご切ったから、出てこいだとよ」

哲じいがそう言えば、鳴沢は小刻みに身体を上下させて、

「りんごー、りんごー」

と、妙なリズムをつけて日本語で言う。アップルではなく、きちんとりんごと。

「そうだ。りんごだ。アップルだ。アップル」

対して、哲じいのアップルは完全にただのカタカナでしかない。

鳴沢はベッドから転がり落ちるようにして床に着地すると、体操選手のように両手を広げYの字を披露してから、なんとも楽しそうな表情で哲じいのすぐ横に並んだ。傍らの哲じいもそんな鳴沢を前に、わりと上機嫌そうだ。性別も年齢も、さらには国籍も——違うのかまでは定かではないが、二人はそれなりにウマが合うらしい。凸凹コンビどころの騒ぎではないな。

そうして居間に呼ばれた鳴沢は、りんごをたらふく食べて満足したせいか何やら急に大人しくなったなと思っていたら、それから三分もしないうちに電池が切れたかのようにソファの上で力尽きていた。歯も磨かず、髪も半乾きのまま。おまけに口も半開きで。自由すぎる。

「いいねえ、実に子どもらしいじゃねえか」

本能に忠実な鳴沢を前に呆れるおれの横で、哲じいが口の片端を上げながら返す。

まさかソファでお客さんを寝かせるわけにもいかないので、おれの部屋に布団を敷いて、そこで寝てもらうことにした。よほど疲れていたのだろうか、哲じいが抱きかかえるようにソファから移動させても鳴沢の寝息のリズムは一切の乱れを見せなかった。

「ハル、変なことするんじゃねえぞ」

するわけがない。

襖を隙間なく閉めて、すけべな爺さんを部屋から締め出す。

壁にかけられた時計を見ると、時刻はまだ午後九時前だ。正直なところまだあまり眠たくない。読書でもしようかと思うけれど、部屋の蛍光灯をつけたままにしておくのも可哀想だろう。

照明を、机の白熱灯のみに切り替える。

ほとんどうつ伏せになっている鳴沢の横顔に、白熱灯の橙色《だいだいいろ》の光がほのかにあたる。そのせいか鳴沢が軽くむずかるようにしたので、ライトの角度を少し変えてやる。それに合わせて、彼女の金色の長い髪が光を軽く反射するようにきらめいたのがなんだか印象的だった。

翌朝、腹部の突然の衝撃で、おれは深い眠りから強制的に叩き起こされた。

何事かと思って目を白黒させながら起き上がろうとすると、おれの腹の上に鳴沢が馬乗りになって叫んでいた。

〈ハル、起きて！　はやく起きてはやくはやく！〉

起きてるから。もう起きてるから。だから早く、そこをどいてくれ。

寝間着のまま、鳴沢に急《せ》き立てられるように布団から出る。

〈ほらあ！　みてみて、みて！〉

するとは鳴沢は、どうやら今までずっと後ろ手に持っていたらしいものをおれの顔の前に差し出して、満面に笑みを浮かべた。

〈メアリー！　こんなに綺麗になったの！〉

鳴沢のハイテンションに気圧《けお》されながらも見れば、その言葉の通り、彼女の手の中にはうさぎのメアリーが抱かれていた。それも、染みひとつないほど真っ白になって。その白さといったら、昨日ごみ袋からサルベージしたときは言うまでもなく、さらにそれ以前の状態と比較しても明らかに違う。さすがに新品に見えるとまでは言わないが、それでも毛の一本一本までふわっふわの真っ白だ。それに、洗い立てだからか、気持ち背筋もしゃんとしているように見える。

〈本当に、ハルの言う通りだね！　魔法みたい！〉

鳴沢の笑顔を前に、おれも釣られるように微笑みを作る。それだけ喜んでもらえたら、昭和初期生まれの魔法使いも腕の振るいがいがあっただろう。

〈あとでもう一回、お礼を言いに行かなきゃ！〉

鳴沢は愛おしそうにうさぎのメアリーに頬擦りする。その表情の嬉しそうなことといったらない。何気なく時計を見れば、あろうことかまだ午前六時前だけれど、その表情に免じて許してあげよう。折角の土曜日の午前六時前に、馬乗りになって無理矢理叩き起こされたことくらい。このやろう。

〈ハルもね、ありがとう。ハルがいなかったら、きっと見つからなかった〉

鳴沢は、持っていたメアリーの前足をおれの鼻先に押し付けながら、

〈ほらあ、メアリーもありがとうって言ってるよ〉

そうですかい。

それじゃあ、おれの代わりにどういたしましてって言っといてくれ。

鳴沢のお父さんが迎えに来たのは、朝食を終えたあと、鳴沢がぬいぐるみ同様に染みひとつなくなった服に袖を通し、ひとしきり喜び回っていたときのことだった。

さくらクリーニングにやってきた鳴沢のお父さんはとても背の高い人で、岡崎先生がいつか説明したように日本人だった。子どものおれから見てもわかる高級そうなスーツを着て、ネクタイをきっちりと締め、菓子折りまで手に持っていた。こんな朝早くにどこで用

意したのだろうか。

鳴沢のお父さんは、朝早くから申し訳ございません昨日は娘がずいぶんとお世話になったようで本当にありがとうございます、といったような言葉を丁寧に並べたあと、おれに向かっても優しく微笑んだ。その笑顔に対してどう反応したらよいかと困っていると、おれのパーカーの裾を誰かが後ろからぎゅっと摑んできて、それは当たり前だけれど鳴沢だった。

「さあ、イリス。帰ろう」

鳴沢のお父さんが、身を屈めて柔らかな声音《こわね》で言う。

肩越しに鳴沢の顔をちらりと見ると、彼女はさっきまでの楽しそうな表情が幻か何かだったかと思えるほどに無愛想な顔をしていたので、おれは声なく驚く。

しかしさすがの鳴沢も、その場で帰りたくないと駄々をこねるようなことはせず、素直におれの背中から離れて鳴沢のお父さんの横についた。

〈ばいばい、ハル〉

水で薄めすぎたカルピスみたいな中途半端な笑顔を作りながら、鳴沢は小さく手を振る。

おれが軽く手を上げることでそれに応えると、鳴沢は胸に抱いていたメアリーの前足を同じようにぴこぴこ動かして別れの挨拶を重ね、踵を返した。

鳴沢のお父さんは、鳴沢とともに商店街の出口へと向かいながらも、途中で二度三度とこちらを振り返ってはお辞儀をした。

二人を見送ったあと、父さんと母さんは早々に店に戻り、哲じいは鳴沢親子の背中が見えなくなるまで通りに立っていたのでおれもそれに倣《なら》っていたのだが、

「まさかここに来るためだけにスーツを着てきたわけでもないだろうにな。たぶん、土曜も仕事なんだろう」

その哲じいの言葉をきっかけに、鳴沢のあの発言が脳裏に蘇《よみがえ》る。

〝パパは仕事人間でね、ママはメイドロボットなの〟

想像する。

鳴沢の家は、古ぼけた商店街の小さなクリーニング屋である佐倉家などとは、比べ物にならないほどのお金持ちなのだろう。鳴沢自身が着ている服だって、とても高級なものだったとわかる。おれだって、伊達《だて》にクリーニング屋の一人息子を十二年やっていない。

きっと家には最新のゲームもいっぱいあるのだろう。キャビアとかフォアグラとか、おれがまだ一度も食べたことがないようなものを、普段から食べているのかもしれない。海外旅行なんかにも気軽に行くのかもしれない。この薄暗い商店街を寝床にしているおれにとって、海外というのはただの知識の集合でしかないというのに。

でも、そんな華やかな生活と引き換えに、親の仕事の都合で世界中を転々としなければいけないというのであれば、それは幸せなことなのだろうか？

……うーん。どうなんだろうな。

やっぱり、それでもいろいろな国に住むことができるというのは羨ましい体験のように思えるのは、おれの家が完全な地域密着型だからだろうか。ひとつの場所に留まり続けて動くアテが全くないというのも、これでなかなか、息苦しいものだ。

「仲良くしてやれよ、ハル」

哲じいは言葉少なくそう言って、おれの頭を乱暴に撫でる。おれは哲じいにされるがまま、首振り人形のようになりながら、不意に思い出す。

そう言えば、鳴沢が昨日言いかけていた〝いいこと〟とは、結局なんだったんだろうか？

うさぎのメアリー紛失事件の翌週から、おれの学校生活は百八十度とまではいかなくとも、百度くらいの大きな変化を見せた。

それというのも、今まで教室内で孤独を貫いていたはずの鳴沢が、生まれたてのひよこよろしく、おれにべったりとへばりつくようになったからだ。それこそ朝教室に入ってきてから、放課後になるまでずっとだ。お手洗いにもついてきて、男子トイレの前でじっと待っていたりするのだから落ち着かないったらない。クラスメイトはそんな鳴沢の変化に大なり小なり驚きを表していたけれど、おれと彼女のあいだに何が起きたのか尋ねてきたのは三好ただ一人だった。

いつもの帰り道、何やら恨みがましい眼差しを向けながら、おれの背中に貼りついてきた三好に根負けして事情を説明すると、

「聞いてなあい！」

などと、三好は近所の家の外壁にぶつかって反響せんばかりの大声でいきなり叫んだ。

「そんなの、聞いてないよ！」

聞いてないって、何がだ。

そう思って眉をひそめると、三好は強く主張するように自分の胸に手を添えて、

「呼んでよ、ぼくも！　そんなの、ぼくだって捜すの手伝ったよ！」

ああ。それはなんというか、思いつかなかった。次からはそうしよう。

「もう、ひどいなぁ……」

なおも三好は唇を尖らすようにして不満気な様子を見せていたが、しかしその憤りを外に逃がすように軽く息を吐き出すと、こちらに視線を向けて、

「それじゃあ、これからはぼくも学校で話しかけていいんだね？」

なんでだ。

いまおまえの中で、何がどうなって〝それじゃあ〟に繋がったんだ。おまえまで、鳴沢と同じような飛躍をするんじゃない。

「だって」

三好は妙に拗ねた声音で、

「今日だって、鳴沢さんは教室で普通に話しかけてきてたじゃない。それなのに、ぼくは話しかけたらダメだって言うの？」

頷く。

「なんでさ！」

ダメなものはダメだからだ。

三好はそれからさらに食い下がってきたが、おれも譲らなかった。というか、こんな話、前にしたばかりだろう。何度も蒸し返さないでくれ。

「蒸し返すだなんて、そんなの、ひどいよ……」

吹けば消えそうな声音でそう言いつつ、今にも泣き出しそうな顔をするのだから、困る。

そんな三好に構うことなく、この話はこれでおしまいだ、もう二度と取り合わないからなど伝えてしまえれば、いっそ楽なのかもしれない。でも、こんなふうにしょぼくれる三好を前にしては、おれだってただ黙っていることなんて、できはしないのだ。

わかってくれ。

おれだって本当は、おまえと話したくないわけじゃないんだから、と。

三好の顔を見ることなく、そんな言葉を突きつけると、三好はそれ以上は何も言わなかった。

もしかして、ついに泣かせてしまったかと焦ったが、よくよく見ると三好は何やらにやつくのを我慢しているような表情をしていて、なんだかものすごく騙された気持ちになった。やめときゃよかった。

ちなみに、うさぎのメアリー紛失事件の犯人は見つかっていない。

というかまあ、見つけようともしていないからな。犯人を炙《あぶ》り出したところで、どうしようもないことだろう。

それと、別におれが促したわけではないが、鳴沢も学校にぬいぐるみを持ってくることはなくなった。あいつもひよこながら、なんだかんだで学習する。大切なものは学校に持ってこない。それくらいの防御は自分でしないとな。

正直なところ、鳴沢からの接近には最初のほうこそ面食らったというか、教室内のバランスが微妙に崩れるのではとびくびくしたのだけれど、はみ出しもの同士がくっついたくらいではさすがに何も変わらなかった。

と、そんなふうに油断をしていたのが、まずかった。

学校行事やイベントに疎《うと》いというか、脳の容量をそのあたりのことに基本的に割いていないおれは、五月はゴールデンウィークのあとに社会科見学があることをすっかり忘れてしまっていた。

そうして、事前の対策を怠ったがゆえに。

その班分けにて、想定外の問題が起きてしまった。

それは、誰もが心ときめくゴールデンウィーク直前のことだった。

再来週に社会科見学という名前だけはご立派な遠足を控えた日の学活の時間に、その班決めが行われたのだけど、担任の岡崎先生はくじ引きという安易なシステムを採用しなかった。

「班の人数は最小で三人、最大で六人だ。もちろん、男女一緒でも構わんぞ」

その鶴の一声で、クラスは阿鼻叫喚《あびきょうかん》の地獄絵巻となった——というとあまりにも大げさだが、それでもみんな大慌てで行動を開始した。

楽しい楽しい遠足は、誰だって可能な限り仲の良い者同士で過ごしたい。それより何より、仲間はずれになりたくない。そんな人間味溢れる思惑が羽を生やして教室を飛び回り、そこかしこで駆け引きと友情の確かめ合いが勃発する。

一分も経たないうちに、教室内にはいくつかの小集団ができあがる。

どれもが男子のみ、女子のみのグループで、残念ながら我らが六年二組には、男女混合の仲良しグループはないようだ。

幸いにして、口喧嘩や露骨な仲違《なかたが》いが発生したりすることはなかったけれど、何の調整もなく全てが丸く収まる、というわけにはさすがにいかなかった。

それというのも、だ。

〈一人足りないねえ?〉

とは、おれの傍らにいる鳴沢の声だ。

班分けが始まった瞬間におれの元へと何の迷いもなく駆け寄ってきた彼女は、そんなどうにも他人事《ひとごと》のようなことを言いながら今も暢気な顔をしている。しかしおれのほうはというと、今後の展開を予想するともはや気が気ではなかった。

クラスメイトたちが、遠巻きにおれ達を見ている。哀れむような目でこちらを見ている女子もいれば、高みの見物とばかりにニヤニヤしている男子もいる。彼らのことは別にどうとも思わないが、おれの視界の端で先ほどからおろおろしている馬鹿一人だけは、きっちり牽制《けんせい》するように睨《にら》みつけておいた。

友達のいない佐倉ハルが一人で余ってしまった、というならまだよかった。

そういう辱《はずかし》めを背負うような状況はもう何度も味わっているので、対処法というか、その後どういう流れになるかは知っている。

哀れな教え子を見かねた岡崎先生が、余ったかそうか困ったななどと決まり文句じみたことを言いながら、どこか人数が少ない班に対して佐倉も入れてやってくれないかと働きかけ、その班の連中がしぶしぶ頷いて終わりだ。去年の林間学校の班分けのときだってそうだった。おれも彼らの楽しい集団行動に水を差すつもりはないので、その班の中では終始空気となって過ごす。何の問題もない。この一連の流れこそがベストであり、唯一無二の解答なのに。

だが、いまおれの傍らには鳴沢がいる。

そして彼女は、どうやらおれと同じ班になる気でいるらしい。ただ、鳴沢には申し訳ないがそれは困る。とてつもなく、困る。

「なんだ、お前ら二人組なのか」

教壇に立つ岡崎先生が、おれと鳴沢のペアに視線を送りながら意外そうに言う。

「そうか、どうするかな」

その一言で、おれの焦りはピークに達する。

先の通り、おれがもし一人だけ余っていたのであれば、林間学校のときと同じように岡崎先生が促すままに他の班に受け入れてもらえばよかった。

でも、その隣に鳴沢がいるとなれば、話はまるで変わってくる。

……まずい。

これは本当に、非常にまずい。

何がどのようにまずいのかと言えば、鳴沢と一緒の班になることが決してまずいのではなく、さっきも先生が言っていた通り、班決めの最小人数は二人ではなく三人なのだから
——

「おい、誰かあと一人、佐倉達と同じ班になってくれるやつはいないか？」

その岡崎先生の一言を前にして、思う。

卑怯だと。

そんな恨み言を、おれは心の中で吐き出す。

だってそうだ。

そんなふうに促したら、絶対にあいつが動いてしまう。

果たして、そんなおれの予想を裏付けるかのように、先生の言葉からしばらくの間を置いて、視界の端でためらいがちに手を挙げるクラスメイトが一人、現れた。おれは咄嗟《とっさ》に口の動きでよせ馬鹿やめろと伝えるも、全くの無駄だった。

その馬鹿は――三好は、同じ班になる予定だったらしいクラスメイト達に向かって、申し訳なさそうに何度も手を合わせている。ごめんね、折角誘ってくれたのに、ごめんね。たぶん、そんなことを口にしながら。

そうして近づいてきた三好を前に、おれは約束はどうしたんだという想いを存分に込めて再び睨みつけたものの、

「仕方ないじゃない、三人からなんだから!」

三好はそんなもっともらしい言葉を返しつつ、そのジャンガリアンハムスターみたいな顔つきを最大限鋭くするように眉を吊り上げてきた。

しかし、そんな変化も束の間のことで、三好はくるりと振り返って鳴沢に目を向けると、いつもの人好きのする笑みと共に彼女に言った。

「鳴沢さんも、いいかな? ぼくが入っても」

そんなふうに愛想良く尋ねてくる三好に対してですら、鳴沢は警戒するかのような目つ

きをしばらく向けていたのだが、

「……べつに、いいけど」

しかし、さすがにこの状況で拒否する理由も見当たらないのか、そんな妙に砕けた日本語を口にしつつ、いかにもしぶしぶといった感じで頷いた。


放課後、今日は不愉快なこともあったしさっさと家に帰ろうと昇降口で靴を履き替え、校門を出て少し歩いたところで、

「ハルくん、ちょっと待って！」

背後から、そんな声が飛んできた。振り返ればそこには当然ながら三好がいて、かなり急いで追いかけてきたのか完全に息が上がっていた。

息を整える暇など与えずその手を振り払い駆け出してもよかったが、三好に対してそれができるほどおれの心だって強くはない。

「ねえ、ハルくん、怒ってる？」

首を横に振るが、しかし三好は納得しないようで、

「嘘だよ、すごく怒ってる」

三好は見るからにしゅんとする。そういう顔をするのは、ずるいと思う。

あのあと、同じ班になるはずだったやつらに何か言われなかっただろうかと尋ねれば、三好はかぶりを振って、

「言われてないよ。大丈夫だよ。みんな、優しいから」

三好には悪いけど、おれはそんなことはないと思う。

先の時間、班決めのとき、三好が自分から誰かのところへ近づいていったわけではないことをおれは知っている。クラスメイトのうちの誰かがこいつを誘って、三好はそれに頷いただけに過ぎない。

けれど、それでもすでに固まりかけていた班から抜けて別の班に入ったとなれば、いくら先生が促した形とはいえ、元の班の人間もさすがに良い気はしないだろう。

ひょっとしたら、そいつらは今ごろ三好のことを悪く言っているかもしれない。いい子ちゃんだとか、優等生アピールだとか、点数稼ぎだとか、そんなことを。

そんな光景を想像するだけで、胸の奥がじくりと痛んで仕方がない。そこにある瘡蓋《かさぶた》は、まだ膿《うみ》を抱えたまま固まりきっていないんだ。だから、ほんの少しの刺激で剥がれ落ちて、たちまちのうちに傷が広がり、血が流れそうになる。

あのときだって、そうだったのだから。

おまえがこういうふうに、おれのことをかばったりするから。

「わかってる、わかってるよ」

そんな想いを言葉にしたわけではなかったのだが、それでもおれの考えは全て顔に出ていたらしく、三好は強い口調で言う。

「わかってるよ、ぼくだって、ハルくんがいま何を考えてるかくらい、ちゃんと。ぼくだって、もうあんなことにはなりたくないよ。だからハルくんとの約束だって、イヤだけどできるだけ守ってるでしょう？　でも、今日のはしょうがなかったじゃんか！」

そうして声を荒らげたあとで、三好は感情の昂《たかぶ》りを抑えるように深呼吸をひとつしてから、さらに続ける。

「今回は、鳴沢さんだっていたんだし……」

ああ、そうだ。

そもそも、鳴沢イリスがおれと一緒になったのがよくなかったんだ。なんで誰か一人くらい、あいつに声をかけてやらないのか。女子はそういうところがあるから嫌いなんだ。みんな、そんなにあいつと同じ班が嫌なのか。

「そもそも、どうして先生はくじ引きで決めなかったんだろう。そのほうが、いろいろと揉めなくてよかったんじゃないのかな……」

三好はそうこぼすが、それは全くの逆だろう。くじ引きなんかに任せて、もしお互いにいがみ合っているやつらが一緒になったりしたら、それこそどうする。

呆れつつそう伝えれば、三好はそれがどうしたのかとでも言わんばかりに、

「そんなの、それをきっかけに仲良くなればいいだけじゃんか」

これだものな。

世界中の人間が三好だったら、きっと世の中から戦争はなくなる。


二週間後、ゴールデンウィークもつつがなく終わり、社会科見学当日となった。

行き先は札幌市にある科学館で、メインイベントはそこにある日本最大級のプラネタリウムを体験することらしい。個人的に、遠足の内容としては申し分ない。もし仮に行き先が遊園地とかだったら、おれは誠に残念ながら風邪を引いていたかもしれない。ああいった賑やかな場所というのは、どうにも楽しめない。

さすがに今日という日に遅刻してはまずいので、朝礼に滑り込むように登校することの多いおれとて今朝はわりと余裕を持って家を出たのだけれど、

「おはよう、ハルくん」

何故だか自宅のすぐ前で、くすんだアーケードを眺めるようにして三好がおれのことを待ち構えていた。いくら商店街っ子のよしみとはいえ、おれと三好は二人で一緒に学校に

行くような習慣はない。少なくとも、ここ数年は。

「なんでいる」

ストレートに尋ねれば、三好は軽く口先を尖らせて、

「いいじゃない、今日くらい。どうせ今日はずっと一緒なんだしさ」

もっともらしいことを言っているけれど、まるで理由になっていない。だが、追い払ったところで行き先は一緒なのだから、離れて歩けだなんて言葉はさすがに投げつけなかった。

三好と肩を並べて歩くこと十分ほどで、学校へ。

今日は上履きに履き替えることはせず、そのまま昇降口を通り抜けグラウンドへと直行する。

おれと三好が到着した頃には、グラウンドには少なくない興奮を抱えた朝見南小学校の六年生がすでに勢揃いしていた。

その集団から少し距離を取るような位置に、人混みにあってもひときわ目立つ黄金色《こがね》の頭があった。どれだけ人がいても、鳴沢の姿を見つけるのはあまりにも簡単だ。

〈あ！　ハル！〉

鳴沢のほうもおれの姿が視界に入ったらしく、駆け足でこちらに近づいてくる。

〈ハル、遅いよー、待ちくたびれた！〉

遅いよと言われても、そもそも待ち合わせなんてしていない。

開口一番に文句を口にする鳴沢だけれど、何やらいつもと妙に印象が違うなと思って、首を傾げる。ただその違和感の原因には、そういった変化にはどうにも鈍いおれでもさすがにすぐ気づいた。どうやら今日は、髪を上げているらしい。

〈えへー〉

おれの視線に気づいたのか、はにかむというよりはにやけるように表情を崩しながら、鳴沢はハーフアップにしている自分の後ろ髪を軽く触った。いくら鳴沢とはいえ、やはり女の子だけあって遠足では気合が入ったりするんだな。そう考えながら見てみると、服装もいつもよりおめかししている感じに見えないでもない。ストライプシャツの上に白い縁取りのある紺のカーディガンを合わせ、下は黒のタイツにベージュのショートパンツという組み合わせ。

〈ねえねえ、ハル、どうかな？　かわいい？〉

鳴沢が尋ねてくる。

「うん、すごくかわいいと思うよ！」

もちろん、こんな愛想のある発言をおれはしない。

先の鳴沢の発言は英語であったにもかかわらず、傍らにいた三好にもどうやらなんとなく理解できたようで、おれの反応よりも先んじて三好が笑顔でそう返したのだ。こちらはもちろん、日本語だが。

対して鳴沢は、まさか三好が言葉を返してくるとは思っていなかったのか、あからさまにびくりと肩を揺らしてから、おれを壁にするようにして隠れてしまう。おれも別に大柄なほうではないので、実際は全然隠れられてないけれど。

しかしおまえ、その態度はもうちょっとなんとかならないのかよ。

おれは呆れを見せつけるように大きく息を吐き出しながら、鳴沢へと振り返る。おれなんかより、三好と仲良くしたほうが絶対に楽しいと思うが。

そう言葉にして伝えるものの、鳴沢は拒絶するように首を横に振るばかり。

……うーん。

一体、なんなんだろうね、鳴沢のこの反応は。

たぶん、三好のことが特別に嫌いってわけではないんだろうけれど。人見知りの類なのだろうか。それにしては度が過ぎている気もする。

あまり得意ではないというか、むしろそうした行為は最大級に苦手な分野ではあるが、やはりここはおれが二人の仲を取り持つべきなのかもしれない——などと考えていたとこ

ろ、三好はおれの肩を軽く叩いて、

「あのね、ハルくん。大丈夫だから」

どうやら、おれがいまどんなことを考えているかなど、聡《さと》い三好には簡単に読み取れるらしい。

「ぼくもちゃんと、ハルくんみたいに自分の力で仲良くなるからさ」

言って、三好はその顔に笑みを咲かせる。おそらくおれには一生かかっても真似できないだろう、とても自然で、柔らかく優しい笑みだ。

三好の一言を前に、俯き加減の鳴沢が何を思ったのかはわからない。けれど、いつの間にやら摑まれていたらしいおれのパーカーの裾に伝わる力が、少しばかり強くなったのは、悪い反応ではないと信じたい。


学校で直接バスに乗り込んでから四十分ほどで、おれ達は札幌市立科学館に到着した。

新札幌駅の程近くにある札幌市立科学館は、いかにも近未来をモチーフにしましたといった感じの、コンクリート打ちっ放しのグレーの円柱形の建物だ。近未来といっても、開館してもう二十年くらいになるから、若干古くさい近未来ではあるけれど。

科学館に到着して早々、六年二組の一同はプラネタリウムへと案内された。

　館内に足を踏み入れるも照明はまだ消されていないので、メタリックブルーに塗られた二種類のプロジェクターの姿もちゃんと拝むことができた。光学式プラネタリウムのインフィニウムL。それと、合計六つものプロジェクターを繋ぎ合わせる映像システム、スカイマックスDS。これらを組み合わせることで、より立体的な映像を楽しめるのだ。傾斜型のドームスクリーンは、国内最大規模を謳《うた》うだけあってなかなかの大きさだ。ちなみにおれはこれが五回目のプラネタリウムだけれど、それでもやはりこの薄暗い特殊な空間に足を踏み入れると、期待で胸が高鳴った。嬉しくって足下がふわふわする。

　リクライニングシートには左から三好、おれ、鳴沢の順に腰を下ろした。

〈ハル、ハル、ハルハル！〉

　右隣に座っている鳴沢が、おれの肩を連打する。目で何事かと尋ねると、鳴沢は膝の上に置いてあったリュックをまさぐるようにしてから、

〈じゃじゃじゃじゃーん〉

　そんな明らかに日本語っぽい効果音のようなものを口にしてから、例のうさぎのメアリーを取り出した。わざわざこんなところにまで持ってきたのか。ご機嫌なのは結構だけれど、失くすなよとだけ短く伝える。

〈うん！〉

おれの注意に素直に頷いてから、鳴沢はメアリーを抱きかかえたままにっこりと笑う。

〈楽しみだなあ、楽しみだなあ！〉

繰り返すように言ってから、鳴沢は落ち着きなく身体を揺らす。さすがにテンション高すぎだろうと思わないでもないけれど、まあそれだけ楽しみにされたらプラネタリウムも本望だろう。

しばらくして、館内の照明が完全に落とされる。

暗闇に目が慣れるか否かというタイミングで、都会では決して見られない満天の星が鮮やかに頭上のスクリーンへと映し出された。

暗闇という底も壁もない大きなプールの中に、光り輝く砂を振り撒いたかのようなその映像を前にして、おれは心の中で改めて思う。

綺麗だ、と。

本当にどうして、宇宙はこんなにも綺麗なんだろう、と。

その後、鑑賞時の注意点などがいくつかアナウンスされてから、頭上に映し出されている星空の解説が、静かな音楽と共に始まった。けれど、そんなものなくても、星の輝きを見ていれば、いまどんな空が映し出されているかは簡単に理解できる。

橙色の恒星と、青みがかった白色の恒星がそれぞれひときわ輝けば、それは春の星空だ。

前者はアークトゥルスで、後者はスピカ。通称、夫婦星《めおと》。北斗七星の柄《え》の先端であるアルカイドから、アークトゥルス、スピカの順に曲線を延ばすようにすれば春の大曲線の出来上がりだ。そのふたつの星としし座のデネボラを結んだ春の大三角のほうが有名かもしれないけれど、デネボラは二等星だから、意外に見つけにくい。

ややあって夏の空へと映像が変われば、南にアンタレスが強く赤く輝く。さそり座のα星、つまりはさそり座を象《かたど》る恒星の中で最も明るい。だからこそ、さそりの心臓だなんて呼ばれたりもする。ベガ、デネブ、アルタイルの夏の大三角はあまりにも有名だ。ベガは織姫、アルタイルは彦星。七夕《たなばた》とかけて、二人は年に一度しか会えないなんて可哀想だという人がいるけれど、その人達はきっとふたつの星の寿命が約百億年だと知らないのだろう。それを考えれば、百年に一度でも実は多すぎるくらいだ。だって、死ぬまでに一億回もデートするカップルなんてどこにもいない。

秋の空、冬の空と映像は移り変わる。

新しいことは何もない。こういったプラネタリウムで上映されるような初歩的な内容は、おれはもう全て完璧に頭に入っている。

でも、それでもよかった。

おれはおそらくいまこの場にいる誰よりも星について詳しいだろうけれど、正直なところそんな知識はこれっぽっちもなくていいとも思う。

だってそうだ。

そんなものわからなくたって、星空の美しさが、宇宙の広大さが目減りすることなんて、絶対にあり得ないのだから。

約一時間ほどでプラネタリウムの上映が終わると、各班ごとでの自由行動の時間となった。

科学館に展示されているもの、たとえば手で表面に触るとプラズマ光が寄ってくる大きなガラス球、自転車による人力発電装置、超音波センサーによる身長測定、傾いた部屋なんかは少なくともおれと三好が幼稚園の頃から置いてあるものなので、正直なところ目新しくもなんともない。けれど、この場所に初めて来た鳴沢にはどれもこれも新鮮に映るらしく、何かを目にするたびにきゃいきゃいとはしゃぎ回っていて、おれは素直にその姿は微笑ましいと思った。

そのうち、期間限定の展示コーナーにおれ達は辿《たど》り着いた。

『各国のロケットの歴史』と銘打たれたその場所では、おれ達の身長くらいの大きさがある様々なロケットの模型が、ずらりと一列に並んでいた。

た。


「ロケットにも色々あるんだねえ？」

三好は、白とオレンジ色のツートンカラーがださい、もとい目を引く、H－Ⅱロケットの模型を前にしながら感心するように何度か頷くと、目の前にある説明文を読み上げ始めた。

「H－Ⅱロケットは宇宙開発事業団と三菱重工が開発したロケットで、九四年から九九年まで七回打ち上げられました。

H－Ⅱロケットは、原型のH－Ⅰロケットより一段少ない二段式ロケットであり、その二段エンジンならびに液体補助ブースターも全て国内で開発された初めての純国産のロケットです。ですが国産という部分にこだわりすぎたため、一基あたりの費用が高すぎるという大きな欠点もありました。なお、その後継機であるH－ⅡAロケットが、今も現役として活躍しています」

その説明文に関して、ロケットの欠点まできちんと記述しているのはいいことだなと無駄に感心していると、

〈ねえねえ、ハル〉

パーカーのフードを引っ張るようにして、鳴沢がおれを呼ぶ。そのフードを引っ張る呼び方は喉が詰まりそうになるからやめてくれ。

振り向いて何事かと首を傾げると、鳴沢は今しがた三好が読み上げた説明文の中の〝液体〟の箇所を指差して、

〈液体って、liquid のことだよね？〉

どうやら鳴沢は漢字の意味の確認がしたかったらしい。

鳴沢の問いに頷けば、彼女は妙に声を高くして、

〈だよねー？　じゃあこれ、やっぱり間違ってるよ？〉

言われて。

おれもようやく、気づかされる。

……本当だ。

確かに違う。鳴沢の指摘する通り、この説明文は間違っている。H－Ⅱロケットの補助ブースターの燃料はこの説明にある液体ではなく、固体だったはずだ。

鳴沢の指摘の正しさを理解し、おれは小さくない驚きとともに彼女の目を見て再び頷く。

〈でしょーー！〉

賛同を得られたことが嬉しいのか、鳴沢は表情を輝かせて、

〈H－Ⅱロケットの補助ブースターは液体燃料じゃなくて、固体燃料だよ。制御の難しい液体燃料を、途中で切り離しちゃう補助ブースターに使う意味がないもん。メインのロケ

ットエンジンが液体燃料だから、それと間違えたんだね〉

その、鳴沢の口から飛び出た、表面的な知識の羅列だけではない一歩踏み込んだ説明を前に、おれは目を瞠らずにはいられない。

何故？

どうしてそんな専門的なことまで、鳴沢は知ってるんだ？　ついこの前まで、成層圏の単語すら知らなかったはずなのに。

〈えへ〉

尋ねれば、鳴沢は嬉しそうに笑って、

〈勉強したから〉

いや、勉強したからって……というか、なんかどこかで見た台詞だなおい。

〈あのね、もっといっぱい知ってるよ！〉

言いながら、鳴沢は目の前に並んでいる模型の中でも一番サイズの大きなもの――アメリカのロケットであるサターンVを指差して、

〈このサターンVはアメリカが作った世界で一番大きなロケットで、六年間で十三回も打ち上げられたんだよ。全部が成功したわけじゃないけど、誰かが死んじゃうような事故は一回も起きなかったすごいロケットなんだよ。初めて月面着陸に成功したあのアポロ十一

号の打ち上げ機もサターンVだし、アメリカが初めて開発した宇宙ステーションのスカイラブ一号を打ち上げたのもこのサターンVなんだから！　わたし、ロケットの中ではサターンVが一番好きなの！〉

そんなふうに。

すらすらと鳴沢の口から出てくるその言葉に、おれは唖然とするしかなかった。

いま、鳴沢がおれの目の前でした説明は、彼女のすぐ前に置かれているプレートにも確かに似たようなことが書かれている。しかし、鳴沢は今しがたの説明の最中に、そのプレートには一瞬たりとも目を向けることはなかった。まさか、一瞥《いちべつ》しただけで全て暗記したわけでもないだろう。つまり今の説明は全部、彼女が頭の中から引っ張り出してきたもので間違いないということだ。

「ねえハルくん、どうかしたの？」

英語での会話が理解できない三好が、おれの肩を軽く叩いてから訊いてくる。

「さっきから、何の話をしているの？」

尋ねられ、おれは混乱も未だ収まらない状態ではあったが、鳴沢がロケットについて異常に詳しくなっていることをなんとか三好に伝える。

「ふうん？　そうなんだ」

しかし、そんなおれとは対照的に三好はさして驚いたふうでもなく相槌を打って、

「ひょっとしたら、ハルくんと話を合わせるために勉強してきたのかもよ？」

そのあまりにも意外すぎる言葉に、おれは目を丸くする。

そうなのだろうか？　もし本当にそうなのだとしたら、それはおれだって多少は嬉しいけれど。しかしそれだけのために、そこまでするだろうか？

〈ハルー！　ちゃんと聞いてよー！〉

当の鳴沢は、三好との会話を無理矢理終わらせようとするかのように声を張り上げつつ、今度は先ほどのサターンVとはまた違う模型の前までおれを引っ張る。

〈ほら、今度はこのソユーズについて説明してあげるから！　聞いて。ちゃんと聞いてて！〉

いや、説明してあげるからって、別におまえの説明なんて、これっぽっちも求めていないんだけど。

「モテモテだねえ、ハルくん」

鳴沢に振り回されるおれを見ながら、三好がくすくすと笑う。その表情は、鳴沢によって会話を遮断されたことを気にしているふうには見えない。しかし一方で、決して短くない三好との付き合いの中で培《つちか》った、自分の観察眼を信じるなら、

「なんかぼく、二人のデートを邪魔しているみたいだなあ」
そんなふうにおどけてみせてはいるけれど、鳴沢が自分に心を開いてくれないことをそれなりに悲しんでいるようにしか、おれには思えなかった。

というわけで。

三好がトイレに行った隙に、〈おまえ、三好のこと嫌いなの?〉と、おれは鳴沢に単刀直入に尋ねてみることにした。

そのとき鳴沢は、R2－D2の偽物みたいな背の低いロボットに英語で話しかけ、何がそんなに面白いのか知らないがその返答を聞いてはけたけたと笑っていたが、おれがそう問いを投げかけるや否や、電球の灯りを消すようにふっとその笑みをかき消して言った。

〈普通〉

普通ねえ。

まあ、嫌いと返されるよりはいいのかもしれないが。しかしそれならあいつのことを避けたりしなくていいじゃないか。それこそ、普通に接したらいい。

などと、おれなりに諭してみたのだが、

〈別に避けてないもん〉

どの口がそれを言うか。避けているつもりがないなら、あいつと普通に話せばいいじゃないかと思うのだが。

しかし、鳴沢にも多少の言い分はあるようで、

〈だって、わたし日本語苦手だし。発音だって、すごく悪いし〉

それはまあ、そうなのかもしれないけど。

でも、哲じいには気にすることなく話してたじゃないか。それに鳴沢の発音がいくら悪くても、三好はそれを馬鹿にしたりしない。絶対にしない。

決して責めているつもりはないのだけれど、鳴沢は自分の足下を見つめるように俯いてしまう。しかも、見れば瞳に水分を溜めて今にも泣きそうだ。

三好と仲良くすることを頑なに拒絶するようなその態度に腹が立たないと言えば嘘になるけれど、おれがやっていることだって度が過ぎたおせっかいだ。

もちろん、わかっている。

無理に仲良しこよしである必要なんて、全然ないことは。

三好という人間は、確かに嫌いになることが難しいくらい人の好いやつではある。でも、だからといって世界中の誰もが三好に好意を抱くなんてことがあるわけもない。そもそも、鳴沢と三好が仲良くなったところでおれにメリットなんてないのだから放っておけばいい

んだ。おれがわざわざ世話を焼いてやる理由なんてものは、それこそ爪の先ほども存在しない。

わかっているんだ。

そんなことは、十分わかっているんだけれど。

それでも、鳴沢と三好の仲が悪いのと良いの、どちらかひとつを選べと言われたら、当然ながらおれは後者を選ぶわけで。

とはいえ、これはどうしたものかと考えを巡らし、ついでにぼんやりと館内に視線を向ける。

すると、先ほど鳴沢が嬉々として解説をおれに披露した、例のロケットの模型がなんだか目についた。

……ふむ。

もし、鳴沢が本当にロケットに興味を抱いているというのならば、その興味、三好との関係改善に多少は利用できるだろうか？

そこで、鳴沢は本当にロケットが好きなのかと改めて尋ねてみると、急な話題の変更に戸惑ったのか鳴沢は顔を上げ青い瞳を丸く広げながらも、小さく頷いて、

〈うん、好きになったの〉

そうか。好きになったのか。その理由はあえて問わないが、それはとてもいいことだ。大変に素晴らしい。拍手してもいい。

だからおれは、そんな鳴沢に重ねてこう切り出す。

〈来月、三好と風船ロケットを打ち上げるんだ〉

〈えっ！〉

〈おまえもやりたい？〉

驚きに目を見開く鳴沢にそう尋ねると、その白い手を勢い良く上げて、

〈やりたいやりたい！　絶対にやりたい！〉

案の定、鳴沢は期待に表情を輝かせながらそう叫ぶ。おれはそんな彼女の反応に、内心でにやりと笑みをこぼしながら、

〈じゃあ、三好と仲良くできるか？〉

すかさずそんな交換条件を提示する。三好がこの場にいたら、眉を吊り上げて怒るかもしれないことは、重々承知のうえで。

〈そ、それは……〉

〈できないのならダメだな〉

言い淀む鳴沢を前に、おれはすぐにかぶりを振って、

〈鳴沢は仲間はずれだ〉

あえて意地悪くそんなふうに伝えれば、鳴沢は十秒ほどうーうーと小さな子どもみたいに唸りながら迷っていたようだが、最後には観念したのか——という表現もどうかと思うのだけど、かなり不承不承といった感じではあったが首を縦に振った。

〈……わかった。じゃあ、仲良くする〉

〈今から仲良くするんだぞ？〉

〈わ、わかってるもん〉

ようし。

〈三好が戻ってきたら、ちゃんと仲良くしろよ〉

そんな薄暗い取引から、一分ほど。

「ごめんごめん、お待たせ」

愛想のいい笑みを浮かべながら、三好が手洗いから戻ってくる。

「あ、鳴沢さんはお手洗い行かなくて大丈夫？　帰りのバスの時間までもうすぐだし、今のうちに行っといたほうが混まなくていいかもよ？」

おあつらえむきに、三好が鳴沢に向かって話しかけてくる。

それに対して、おれは三好にばれないように鳴沢の背中を指先で突く。すると鳴沢は肩

越しにじとりと粘度の高い眼差しをおれに向けてから、その後で三好に視線を戻して、

「……みよし」

と、妙にぶっきらぼうな感じではあるものの、三好の名前を呼ぶ。

「え？　あれ、ぼく？　うん、何かな？」

すると三好は、名前を呼ばれたことが嬉しいのか目に見えて表情を緩めたのだけど、

「今から、みよしとなかよくすることになったので」

その微笑みに対する、鳴沢のそんな極めて義務的なニュアンスの漂う日本語のチョイスに、とても嫌な予感がした。

そしてその予感を裏付けるかのように、鳴沢はおれを指差して、さらに告げる。

「そしたら、ふうせんロケットいっしょでもいいって、ハルがいったので」

瞬間。

三好の笑顔の温度が急激に下がる。口元も目元も確かに微笑みの形を作っているはずなのに、根っこのところはひとつも笑っていない。そんな奇妙な笑みを三好はおれに向けて、

「……へえ？」

おれはこの日、生まれて初めて知った。

この「へえ」という感動詞が、場合によっては、これほどまでに恐ろしい響きを含むも

のなのだということを。

　社会科見学の翌日、おれは満を持して、風船ロケット二号の製作に取りかかることにした。

　もうすでに図面、といってもそれほど大げさなものではないけれど、とにかく設計図は用意してあるので、それに添って丁寧に手を動かすだけだ。

　まず最初に、近所のホームセンターで発泡スチロールを買ってきて、それをカッターナイフで削って直径三十センチ、高さ十センチ程度の円柱形を作る。円柱というよりは、お掃除ロボのルンバみたいな形だ。これは風船ロケットの、言わばボディにあたる。

　その発泡スチロールの内側を上手くくりぬいて、底からレンズが出るような形でデジタルカメラをセットする。どんなにぴったりくりぬいたつもりでも、やはり発泡スチロールとカメラの間に多少は隙間ができてしまうので、そこには紙粘土を少量詰めるなりして安定度を上げた。

　同じような方法でスマートフォンもボディの内部に固定させる。ちなみにスマートフォンといっても型落ちの中古品で、通信機能のみの格安ＳＩＭと合わせても五千円程度だが、ＧＰＳの発信機としてはこれで十分だ。ただし、電波を発信できる状態で上空にスマートフォンを飛ばすと電波法に違反してしまうので、そこは工夫が必要となる。おれは専用のアプリを利用して、打ち上げの時はフライトモードにしていても、着陸した頃に自動で通常モードに戻るように設定している。このやり方だと飛行中の追跡はできないのが辛いところだが、空中でのGPS利用は専用の資格がいるし、何より機械そのものがなかなか高価なのでこればっかりは仕方がない。まあそもそもこのあたりの対策は、色々と知恵を貸してくれる人がいたからクリアできたようなものなので、文句を言える立場になんてないのだが。

発泡スチロールの中に仕込むのは、スマートフォンとカメラの二つだけ。

ロケットの上部には、安全に地上に着陸するためのパラシュートを取りつける。

こちらもそれほど大げさなものは必要なく、ナイロン素材でできた模型用のパラシュートというのが千円くらいで売っているので、それで十分だ。風船が上空で破裂して浮力を失ったあとは、このパラシュートが開くようになっている。

風船の取りつけに関しては、去年打ち上げた一号機はたった二千メートル上がるだけでカメラの映像がくるくる回って仕方がなかったので、今回はサルカンという本来は釣り糸のよれを防止するための金具を途中に噛ませてみた。効果のほどはやってみないとわからないが、ないよりはマシだと信じたい。

風船ロケット二号は、たったこれだけで完成する。

製作のための作業時間は、三時間にも満たなかった。

総重量は風船自体の重さを除けば五百グラムもない。スマートフォンをカメラとして利用すればもっと軽くできるが、中古品だけあってバッテリーに難があり、断念せざるを得なかった。

ちなみにここまででかかった費用は、前回の風船ロケットから回収したカメラとスマートフォンを除けば、発泡スチロール、紙粘土、模型用パラシュート、サルカンほか細々としたものを全て合計しても三千円ほどだ。風船だって五千円くらいのものだから、お年玉貯金一年ぶんくらいでなんとか事足りてはいる。

ただ、いつか三好にも説明したように、肝心要《かなめ》のヘリウムガスが猛烈に高い。

今回レンタルしたヘリウムボンベは、二千リットルだ。必死で色々なサイトを駆け回ったものの、一万三千円より安いものは存在しなかった。ただの気体に一万円以上ってどういうことだ。宇宙を目指す意志に揺らぎはなかったとはいえ、注文のためのクリックをするのにはかなりの勇気を要した。

そうして完成した風船ロケットは、ぱっと見たところホールのショートケーキみたいな形をした発泡スチロールでしかない。それでもおれは、その白い物体に対して不思議なほどに愛着を感じていた。

飛べるだろうか。

この小さな存在は、どれほど高くまで飛べるのだろうか。

マイナス五十度以下の極寒にも耐えて、時速百キロを超える気流にも負けず、無事に成層圏まで辿り着き、そこからの景色をおまえはおれに教えてくれるだろうか？

ただ、風船ロケットの打ち上げに関しては、ロケットの製作とは直接関係ないところで、もうひとつ大きな問題をクリアしなければならなかった。

それというのも、たかが風船ロケットとはいえ、航空法上では気球に該当するようで、国からの許可が必要だったのだ。そのため、自由気球の飛行許可書なるものが必要らしい。直径一メートル八十センチほどの風船を飛ばすのにお国の許可がいるというのも、なんだかちょっと息苦しいなと思わないでもない。空はこんなにも広いのに。でもまあ、自分の考えた計画にそういう妙な規則が絡まるのも、いまおれは子どもの遊びという範疇《はんちゅう》を超えたことをやっているからだと考えれば、なんとなく誇らしくもあった。

許可を得るのに必要な書類を作るのは、別に大した苦労ではなかったけれど、当然ながら責任者が佐倉ハルくん十二歳ではお話にならない。ちゃんとした大人を責任者として立てなくてはいけない。

本来ならば、父さんか母さんに頼むところなんだろうけれど、

「わかっているのなら、そうしないか」

自室にて、たかだか十一手詰め程度の詰将棋で、眉間にそれはそれは深いしわを刻んでいた哲じいを捉まえて事情を説明したところ、そんなふうに早々にあしらわれた。

「桂子も聡《さとし》君も、お前のやることに意味もなく反対したりはしないだろう」

そんなことはおれだってわかっている。でも哲じいだって、おれがいま母さんや父さんと話しにくい関係にあることは、理解しているくせに。

哲じいは詰将棋の冊子を読むためにかけていた老眼鏡を外すと、眉間を揉むようにしながら深々と息を吐き、静かな声で言った。

「もう一年になるんだぞ、ハル」

その一言に、おれの胸の奥がじくりと鈍い痛みを訴える。

「確かに去年は色々と大変なこともあった。噂に尾ひれが付いたせいで、一時期はお客さんが来なくなった時期もあった。でも、俺はお前が本当に悪いことをしたとは思ってないぞ。その証拠に、今はお客さんも戻ってきているじゃないか」

それはただ単に三好が——というか、みよしの人達が色々と働きかけてくれたからであ

って、おれの行為の正当性を証明するようなことではない。

「向こうの親御さんの手前、何もかも忘れてしまえとは言わんよ」

そんなことを考えていると、哲じいは長年のアイロンがけによって硬くなった掌でおれの肩を静かに叩く。

「でも、だからといっていつまでも引きずるんじゃない。老い先短い爺さんに、自分の孫が辛気《しんき》くさい顔をして毎朝学校に行くところを、いつまでも見せんでくれ」

辛気くさい顔だなんて、別にそんな顔していないと思うけれど。

しかし、これは困った。

頼みの綱である哲じいがダメだとなると、他には父さんか母さんに頼むしかないわけで。もうこうなったらいっそ、お国に内緒で勝手にやってしまおうかと考えていた、そのときに、

「それで?」

いつの間にやら老眼鏡をかけなおし、おれが差し出していた書類に目を落としていた哲じいが尋ねてきた。

「ここに名前を書いて印鑑を押せばいいのか?」

……え?

思わず、目を見開いた。

「仕方がないだろう」

そんなおれを老眼鏡ごしに見つめながら、哲じいはぼさぼさの灰色の眉尻を軽く下げて、

「お前のことだ。下手したらこれを出さずにやりかねんしな」

おれの幼い考えなど、哲じいには全てお見通しらしい。

哲じいはおれが作った必要書類、風船ロケットの予想飛行エリアや時刻などをまとめたものをぺらぺらとめくりながら、

「俺にはここに書いてあることはよくわからんが、本当に安全なんだろうな？　飛行機にぶつかったりはせんのか」

そのあたりは、大丈夫。それに、もし航空局が安全じゃないと判断したら、それこそ許可が下りないだけだ。

哲じいは納得したように頷いてから、書類にサインをしてくれた。

「そういや、航空局っていうと茜《あかね》が就職したところか？」

不意に尋ねられ、少し考える。

どうだったかな。あかねえが今年の春から勤めているのは、確か札幌航空交通管制部というところだったはずだけど……あそこは航空局の傘下《さんか》という認識でいいんだろうか？

航空局の組織図までは、さすがにおれもよくわからない。

「まあ何にせよ、無関係じゃないんだろう?」

言って、哲じいは軽くあごをさすりつつ、

「だったら一応、あいつにも話を通しておいたほうがいいんじゃないのか? 色々と世話にもなってたんだ。近況報告もかねて、教えておいてやれ」

えぇー。

正直、あかねえに話を通したところで、風船ロケットの打ち上げに関して何かしらのメリットがあるようにも思えない。

それでもまあ、今は哲じいにお願いする立場にあるのだし、素直に従っておくほうがいいだろうと考え、おれはその提案には頷いておいた。

そういうわけで、その日のうちにあかねえにメールを送ったところ、都合よく今夜は空いているということで、久しぶりにスカイプをすることになった。

父さんのお下がりであるパソコンを立ち上げて、約束していた夜八時の五分前にスカイプにログインする。潮崎《しおざき》茜のアカウントはすでにログイン状態になっていたので、八時ちょうどに呼び出すと、たっぷりと十コールくらいしてからあかねえがようやく出た。

「もしもし、ハルー？　聞こえるー？」

直後、あかねえのピンと張りのある声が、安物のヘッドホンを通じて届く。

「あれ、これビデオ通話じゃないじゃん。ビデオにしようよ、ビデオに」

言うが早いか、あかねえはこちらの返事など微塵《みじん》も待つことなくビデオ通話の承諾を飛ばしてくるので、しぶしぶそれを受ける。

ビデオ通話が始まると、風呂上がりなのかその長い髪をタオルで巻き上げ、キャミソール姿で片手に缶ビールというだらしないあかねえの姿がディスプレイに表示された。いくらもう寒さも和らぐ五月とはいえ、そんな恰好でいたら風邪を引くと思う。

「おお、出た！　ハルだ！」

向こうでもおれの間抜けな顔が表示されたのか、あかねえは見るからに健康そうな唇を横に広げるように笑って、

「いやあ、久しぶりだねえ。しばらく見ない間に大きくなったのかい？」

疑問形で言われても返事に困るし、考えてみれば別に久しぶりでもない。あかねえとは、三月に彼女が大阪から朝見に戻ってきたときに顔を合わせている。

あかねえこと潮崎茜は、一年と少し前までおれの家庭教師だった人だ。

おれは小学校に上がると同時に英語の勉強を独学で開始したのだけど、結局ほんの一年

足らずで限界を覚えるようになって、ほとんどダメ元ではあったけれど家庭教師を探していた。そんなときに紹介されたのが、当時まだ北大の学生であり、小学中学とアメリカで暮らしていた元帰国子女という経歴を持つあかねえだった。なんでも、ちょうどやりがいのあるアルバイトを探していたらしい。

以降、彼女が大学を卒業するまでの三年間ずっと英語を教えてもらっていた。英語以外にも、たとえばいまおれが風船ロケットを作るにあたってとても役立っている高校物理の基礎なんかも、あかねえが色々と指導してくれた。正直、あかねえと出会っていなかったら今のおれはないんじゃないかと思うくらいには、この人には頭が上がらない。恩人と呼んで、ちっとも差し支えのない人だ。

「とりあえずハルの顔を肴《さかな》に乾杯しよーっと」

まあでも、こんなふうに元教え子とスカイプをするというのに、いきなり缶ビールをなんとも嬉しそうに開けたりするから、素直にそんな気持ちになれなかったりもするのだけれど。

早速本題を切り出すというのもなんなので仕事について尋ねてみると、あかねえはグラスにビールを注ぎながら軽く答えた。

「楽しいけど、忙しいね。忙しいけど、保安大時代に比べたらだいぶマシって感じ」

保安大というのは大阪にある航空保安大学校のことで、あかねえは北大を卒業してから国土交通省に就職し、そこで一年間研修を行って、この春に航空管制官になった身だ。今は札幌航空交通管制部に配属になっているから、住んでいる場所はここからそれほど離れていない。

「まだ訓練期間中だから一人では何にもさせてもらえないけどね。ハルもNASAに就職できなかったら空港で働いたらいいよ。毎日、好きなだけ飛行機が見れるよ」

あかねえが、なんともあっけらかんとした口ぶりでそう言う。確かにそんな未来もなかなか悪くなさそうだ。けれど、それでもおれが行きたいのは、飛行機が飛んでいる場所よりはもう少しばかり高いところだ。

「それで？　どうしたのさ、今日は。そんならしくない世間話するためだけに連絡してくるタイプじゃないでしょう、あんたは」

らしくない世間話というのは心外だけど、まあいい。おれは頷いてから、三週間後に風船ロケットを打ち上げることと、また今回その打ち上げには航空局の許可がいることを手短に伝える。

「あー、そう言えばあったなあ、そんなめんどいの。航空法に。もうあんまり覚えてないけど」

などとあかねえは言うけれど、たぶんほとんど冗談だ。そもそも、風船ロケットの電波法対策に関するアドバイスをくれたのはあかねえだし。そんなあかねえが、本職に関わる航空法に関して忘れているわけがない。

「ハルのことだからたぶん大丈夫だと思うけど、なんだったらあたしが色々と最終チェックしてあげよっか？」

あかねえはあっという間に空にしたグラスにビールを注ぎつつ、

「飛行経路の予測とかちゃんとしとかないと、許可出ないかもよー？」

一瞬、是非にと頷いてしまいそうになったが、既《すんで》のところでおれはかぶりを振る。先ほど哲じいにも似たようなことを伝えたが、そういう理由で許可が下りないようなら、そのときはまた自分で計算し直すだけだから。

確かに訓練期間中とはいえ現役の航空管制官であるあかねえの知識を借りれば、飛行経路の予測はより精度が増すのかもしれないけれど、それではダメだ。自分の力で解決できることであれば、おれは可能な限り自分でやりたい。大げさかもしれないけれど、おれにとってこの風船ロケットというのは、言わば自分との闘いなのだから。

「あらま、そうですかい」

そんなおれの心情をあかねえがどれだけ理解しているのかはわからないが、おれがそう

断るとつまらなそうに唇を尖らせて、

「ほんとハルってば可愛くないんだから。大人ぶっちゃって。昔はあんなに教えて教えてってあたしにしがみついてきてたのに」

別に、あかねえにしがみついたことなんかはなかったはずだけど。

それにあかねえには、ちゃんと感謝しているつもりだ。それにそう、考えてみれば鳴沢と英語で話ができるのもあかねえの存在があってのことだし。

そう考え、折角なのでその鳴沢のことについても少しだけ報告する。とはいえ、先月ワシントンからやってきた転校生で、ロケットに興味があるらしく今度の打ち上げも一緒にやることになったという、本当にそのくらいのことだけれど。ちなみに、なんだか面倒なことになりそうだから鳴沢の性別は伝えないでおいた。

「へえ、じゃあこれからはその子がハルの英語の先生なんだね」

伝えれば、あかねえは軽く口の端を上げてそう言った。言われてみれば、そういう考え方もできなくはないのか。生きた英語を学ぶという意味では、確かに鳴沢は理想的な相手ではある。それでも、あいつのことを形のうえでも先生と思うのは、ちょっと……。

「というか」

そんなふうに鳴沢に対して若干失礼なことを考えていたところ、不意にあかねえが、

「なんか、ちょっと安心したな。あたし」

などと、あまり似合わない柔らかな表情とともにそう告げる。

ひどく要約された言葉ではあったものの、しかしいまあかねえが何を思ってそう口にしたのかは、もちろん考えるまでもないことだった。

それが証拠に、あかねえはカメラ越しに少し顔を寄せると、アルコールでわずかに赤らんだ頰の上に、わかってるでしょうねと言わんばかりに真剣さを重ねて、

「ハル、あんたもう、去年みたいな真似は絶対にするんじゃないよ」

そんなふうに、昼間の哲じいと同じ話題をあかねえも持ち出してくる。

「言っておくけど、二度目はないからね。そのときは絶交だよ、絶交」

今どき小学生同士でも絶交だなんて真顔で言わないよという言葉が喉元までせり上がってきたが、しかしおれは素直に頷くしかなかった。

「うむ、よろしい」

おれの返答に満足げに頷くと、あかねえは先ほどまでとは打って変わって、今度は白い歯を見せるように陽気に、というより、不敵に笑って、

「ところでさ、その鳴沢っていうのはもしかしなくても女の子でしょ?」

……なんでわかるんだろう、そういうの。

結局、あかねえの謎の嗅覚によって鳴沢が女子であることは一瞬で看破され、それから三十分ほど酒の肴に彼女のことをそれこそ根掘り葉掘り訊かれ、とても疲れた。

そうした過程を経てから、おれは後日、自由気球の飛行許可申請書を航空局に提出した。おれの住んでいる朝見市は、近々でこそないものの周囲に新千歳《しんちとせ》空港や丘珠《おかだま》空港があるので、ひょっとしたら許可が下りないかもしれないと結構不安だったのだが、二週間ほど経ってから航空局から封筒が届いて、その中には待望の許可書が入っていた。

許可書はA4用紙一枚のなんとも簡単なものではあったけれど、そこには大きめの付箋がひとつ貼りつけられていた。

その付箋には、当日風船ロケットを打ち上げる際の注意事項がいくつか手書きで記されていたのだが、担当の人がずいぶんとお茶目な人なのか、最後に一言、

〝良い空の旅を〟

という言葉を添えてくれていて、おれはそれを目にした瞬間になんだか自分のやっていることを認められたみたいで、柄にもなくすごく喜んだ。

またおれは、風船ロケットの打ち上げのために保険についても考えた。

正直なところ、直径三十センチ程度の風船ロケットが落下して、その結果として第三者

に何らかの実害を与えるという可能性は、北海道の面積を考えればそれはもう極めて低い。とはいえ、万が一ということがないわけでもない。そこでおれは最悪のケースを想定してネットでいろいろ調べ、個人賠償責任保険なるものに目をつけた。この保険は日常生活の中で起きた偶然の事故によって賠償責任を負った際に、その支払いを保険会社が肩代わりしてくれるものだ。まあ、風船ロケットの打ち上げがその日常生活という枠にどのくらい当てはまるのかはわからないが、それでも何もないよりはいいはずだろう。

この保険は月々の支払いで言えば百円玉二枚でお釣りがくる程度のものだったので、頑張って小遣いの中で払っていこうと決めたうえで哲じいに加入をお願いしたのだが、

「そんなもん、自動車保険の特約でとっくに入ってる。人間、どこで他人様に迷惑かけるかわからないからな。だいたい小学生の孫に小遣いで保険料を支払わせる祖父《じじい》がどこにいる！」

と、げんこつを一発もらってしまった。ちなみに、そこそこ重たいげんこつだった。

それからさらに一週間後。

六月最初の週末は、運命の土曜日となる。

午前三時半にアラーム設定した目覚ましが震える三分ほど前に、目を覚ました。そのま

ま布団の中でじっとして、三時半になる十秒前にアラームを解除して布団から出た。カーテンを開くと、東の空がもうかすかに明るい。六月ともなれば、朝見の日の出は四時よりも早いのだ。

幸いにも雨雲はなかった。窓を開けて確認する限りは風もほとんどない。気象サイトを見る限りでも、今日は一日穏やかな天気になりそうだ。別に雨が降り注いでいようとも雲の上まで飛んでしまえばあまり関係はないのだけれど、それでも準備のことを考えれば、晴天であるに越したことはない。

自室で服を着替え、身支度を整えて居間に出る。当然、まだ誰も起きていない。早起きの哲じいだって、さすがにまだ眠りの中だ。

この時間に居間の灯りを煌々《こうこう》とつけるのはなんとなく気が引けるので、台所の小さな蛍光灯だけつけた。昨晩のうちから用意しておいた炊飯器の蓋を開けると、もうもうと立ち上る湯気と共に炊きたてのご飯が顔を覗かせた。とは言え、今から朝食を作るわけではない。弁当を作るのだ。これでも料理は、おれの得意分野だったりする。

おにぎり用のご飯をボウルに移して冷ましている間、まずは卵焼きを作る。おれは塩気のよく効いたものが好きだけれど、今日はそうではなく砂糖をたっぷりと入れることにした。溶き卵を程よく熱した卵焼き器に落とした途端、ホットケーキでも作っているのかというほどの甘い香りが居間に漂う。

うちの冷蔵庫の中には、切り干し大根やひじきなどの常備食がいつも作って入れてあるのでそれもおかずとして加える。三日ほど前におれが自分で作ったものだ。

客商売の家というのは、どうしても日々の料理にかけられる時間が短くなりがちだ。だから作り置きが重宝される。おれが小学生ながらそこそこ料理ができるのも、家の事情というのがやはり大きい。おれは店番が上手くできないから、せめて家族の手が塞がっているときに料理くらいはという気持ちで覚え始めたのがきっかけだ。

肉が足りないので唐揚げでもと思ったが、漬け込みの時間もないし、朝から揚げ物をするのは気が張るのでチキンナゲットやチキチキボーンをオーブンで温める。これだけあれば弁当箱のスペースは埋まるだろうけれど、少しだけ考えて冷蔵庫からウインナーを取り出す。ちょっと手間をかければ、これだって楽しいおかずになる。

おかずを全て揃え終えたあとにおにぎりを握っていたところ、佐倉家一番の早起きである哲じいが居間へとやってきた。

「なんだ、もう起きてたのか。……えらく、甘い香りがするな？」

言いながら、哲じいはミニサイズとはいえ十個以上も並んだおにぎりに目を向けて、

「それにしても、たくさんだな。育ち盛りか」

育ち盛りではあるけれど、さすがに重箱二段に詰めた弁当を一人で食べたりはしない。三好と鳴沢のぶんもあるからと伝えると、哲じいはなんだか嬉しそうな様子で、

「ほう、今日はあの金色の子も一緒なのか。そいつはいいな」

一体、何がいいのだろうか。あと、金色の子という表現もどうかと思う。

重箱におかずとおにぎりを詰めていると、今度は母さんが隣の寝室から出てきた。まだ四時を過ぎたばかりだというのに、うちの家族は本当に朝が早い。

母さんは台所に立つおれを見ながら、何やら妙に不満そうな顔つきで、

「お弁当がいるんだったら、言っておいてくれたら作ってあげたのに」

いいよ別にという想いを込めて、おれはかぶりを振る。

「そう？　でもアレね、今日はみーちゃんもいるのよね」

などと言葉を置いてから、母さんは変なふうに笑って、

「そのお弁当を見て、ウチではいつもハルが料理をしているみたいに思われちゃわないかしら？」

母さんの顔から、それが半分以上冗談であることはわかる。

ただ冗談とは言えど、そんな卑屈な言葉が出るのは、心のどこかで少なからずそう感じているからではないかと考えると、おれはかすかに苛立ちを――というか、情けなさを感

じずにはいられなかった。

まず、三好がそんな嫌味なことを自分の家族に言いふらすわけがない。

今日ね、ハルくんがお弁当作ってきたんだよ、ハルくんのお母さんってこういうときにお弁当作ってくれないのかなあだなんて、そんな嫌味なことあいつがどうして口にすると思える？

それに、もし仮におれが佐倉家の食事を作っていると思われて何の問題があるのだろうか。もちろん、おれが母さんに代わって家族全員の食事を用意することなんて月に二、三回あるかないかくらいだから、実際にそうしているというわけでは全然ない。でも母さんは、心のどこかでそれすらも他人に知られたくないと思っているのに違いないのだ。そうでなければ、冗談であれさっきのような言葉が出てくることはない。

そんなことを考えて、腹の底から浮かび上がってくる不愉快さを無理矢理に嚙み潰していると、母さんはおれのそんな想いなど気にもせず、

「ねえ、ハル。今日のその打ち上げ？　それって、本当にやっても大丈夫なの？　危なかったりしないの？」

今になって、そんな母親じみたことを、尋ねてくるものだから。

「あなた、空港かどこかに申請とか出してたんでしょう？　子どもだけでそんなことして、

危ないんじゃないの？」

……大丈夫だよ。

「もし万が一、飛行機に当たったりとか、もしそんなことになったら……」

だから大丈夫なんだって！

そう突きつけつつ、思わず感情的になって目の前の机を叩くと、母さんは怯えたように短く肩を震わせ、哲じいは視線を鋭くした。

苛々する。

いつもはおどおどしてまともに話しかけてこないくせに、こんなときだけいかにも母親らしい文句を口にする母さんに、苛ついて仕方がない。

「いま、何かすごく大きな音がしなかったかい？」

隣の寝室から、起き抜けの顔の上に驚きを重ねた父さんが出てくると、おれはいよいよ息苦しくなってくる。ここにいたら、息が詰まって今にも死んでしまいそうだ。

もう少しおにぎりの熱を取ったほうがいいと知りながらも重箱の蓋を閉じて、それを手早く風呂敷で包んでしまう。

この場所にいたくなかった。

居心地が悪すぎるんだ、ここは。

一秒でも早く、外へ。

わかっている。おれが悪いのは、わかっているんだ。

店の客が一時期に比べて少なくなったのはおれのせいだし、母さんがおれのことを妙に怖がるようになってしまったのもおれのせいだ。おれは店の手伝いだってできないし、将来この店を継ぐようなこともないだろう。全部、おれのせいだ。

わかっているんだ。おれが悪いのは、わかっているんだ。

でも。

心のどこかで、こうも思っている。

本当は。

おれはちっとも、悪くないのにと。

本当は。

全部、神様が悪いんだ。

おれがこんなふうなのは、全て神様のせいなんだから。

風船ロケットの入ったリュックを背負い、まだ温かい弁当を片手に居間を抜ける。母さんが視界の端で何かを口にしようとしていたけれど、無視した。

逃げるように階段を下りて、家を出る。まだどの店のシャッターも閉じている早朝の商店街を、駆け足で抜ける。そのままくすんだアーケードから出ると、何にも遮られることのない朝の空がおれを迎えた。

途端に呼吸が少し楽になって、おれはひとつ深呼吸をする。

振り返ってわずかに見上げると、視線のすぐ先にはあすなろ商店街の黒ずんだ看板があった。

もっと小さな頃は、この商店街の子どもということを妙に誇らしく思っていたこともあった気がする。

けれど今はもう、とてもじゃないけれどそんなふうには思えない。

おれにとってこの商店街は、厄介な重力場でしかない。

早く、抜け出したい。

一秒でも早く大人になって、この場所が発する重力から遠く遠く離れてしまいたい。

風船の打ち上げ場所は、商店街から徒歩三十分ほどのところにある、道立朝見森林公園という日本有数の広さを誇る公園だ。面積は二千ヘクタール以上もあり、本当にびっくりするくらい広くて、そして恐ろしいくらいに何もない。一応公園内には、自然ふれあいセンターだとか、北海道開拓歴史館だとかもあるけど、正直なところ誰もありがたがってなどいない。小学生の社会科見学くらいにしか使いみちがないような施設だ。もっと野球とかサッカーのグラウンドでも作ればいいのになと思う。風船ロケットの打ち上げにはもってこいの場所だから、あんまり文句は言えないが。

三好達とはその森林公園の近くにあるコンビニで待ち合わせをしていて、おれがコンビニを視線の先に捉えたときには、もう二人ともその場所に立っていた。

思い立って、二人の様子を遠目から少し観察してみる。

三好と鳴沢の両名は仲良しこよし——という感じでこそないものの、三好が愛想よく何かを話しかけると、それに対して鳴沢もぽつぽつとではあるが、不得手なりに日本語で返しているようだった。例の社会科見学のときに比べたら、二人の関係は少なからず良くなっている。ちょっと無理矢理な関係の始まりだったとは、確かに思う。それでも、三好の人の好さみたいなものは、きっと鳴沢にも伝わっているのだろう。

いつまでも覗き見をしているわけにもいかないので、あえて二人の視界に入るようにして歩き出すと、

〈あ、ハル!〉

三好に先んじて、鳴沢が両手を上げながら叫んだ。

〈もう、ハルってばおっそーい〉

遅いと言われて思わず腕時計を見たけれど、約束の午前五時までまだ十分もある。むしろ、早いほうだと思うんだけどな。

〈もう、待ちくたびれちゃったよ。もう十時間は待ったよ?〉

と言って、鳴沢は何がそんなに面白いのか口を大きく開けてなんとも楽しげに笑う。どうやらテンションがすでに最高潮らしい。

「ハルくんが来たらこれだもんなあ」

そんなよくわからないことを口にしながら、三好はにこりと笑って、

「おはよう、ハルくん」

言いつつ、掌を開いたり閉じたりするような挨拶をしてきた三好だったが、すぐに訝しむような顔つきになって、

「ところで、それはなに?」

おれがわざわざ商店街の倉庫から拝借し、ここまでえっちらおっちら押してきた小さな台車を前にして首を傾げた。

「台車」

「何にも載ってないじゃない」

台車に何も載ってないのなら、載せればいいじゃない。

などというつまらないことはさすがに伝えないで、おれは三好に返事をする代わりに、台車とともに目の前のコンビニの中へと入っていく。

すると、鳴沢もすぐに横に並ぶように駆け寄ってきて、

〈何か買うのー？　あ、お菓子？〉

朝っぱらからお菓子なんて食べるか。

そもそも、別に今から買い物をしようというわけではない。


数分後、おれはコンビニ店員にやや不審がられながらも、受け取ったネズミ色のヘリウムボンベを台車の上に載せて、森林公園を目指していた。

ちなみにこのボンベ、なんと十七キロもの重さがある。そんな重さのものを家から運ぶのは骨が折れるというか、おれの細腕ではとてもじゃないが無理だ。なのでおれは、ヘリウムボンベを通信販売で注文したときに、わざわざ先ほどのコンビニを受け取り場所として指定していたというわけだ。

台車を使ったとはいえ、二十キロ近いものを運ぶのはそれなりに腕力が必要だったけれど、目的の森林公園はそのコンビニから徒歩十分ほどのところなのでそれほどの苦労もなかった。

時刻は五時を過ぎ、周囲はすっかり朝の空気となる。

敷地内にはおれ達以外には誰もいない。ただ、あと一時間もすれば犬の散歩だとか早朝ジョギングだとか、健康志向の近隣住民が増えてくるはずだ。今日は土曜日だし、尚更だろう。変に注目を集めるのも嫌だし、そうなる前に打ち上げてしまいたい。

芝生の中心、少なくとも半径百メートルほどの周囲には何も遮るものがない場所まで台車を運んだあと、三好と協力してヘリウムボンベをそこに降ろした。

〈広くて気持ちいいねー!〉

鳴沢が、両手を横に広げながら言う。札幌市立科学館と同じように、おれと三好にはもう見慣れたこの場所だが、彼女の目には新鮮に映るようだ。

そんな鳴沢を横目に、おれはさしたる意味もないが、埃を払うかのように何度か掌をはたいてから、風船ロケット二号の打ち上げの準備を始めた。

まず初めに、デジタルカメラとスマートフォンの電源を入れたあと、発泡スチロール製のロケット本体の蓋を閉じてビニールテープで頑丈に固定する。カメラは動画モードで起動してある。電源となる単三電池はこの日のために新品に替えてあるので、途中でトラブルさえ起きなければ三時間くらいの連続起動は問題なく行えるだろう。風船ロケットそのものの準備は、たったのこれだけだ。

次いでレジャーシートを敷いて、その上で風船にヘリウムガスを充塡していく。

膨らませれば直径六フィート、単純な換算で言えば百八十センチにもなる風船にガスを入れることなどおれも生まれて初めての作業なので最初こそ手間取ったが、鳴沢と三好のサポートもあって巨大風船はゆっくりとその身体を膨らませ始めた。

「こわい！」

しかし、六フィートの風船というのはそれこそ本当に大きくて、

「こわいこわい、怖い怖い怖い！　何これ、めちゃくちゃでっかい！　怖い！　割れないよね？　ねえ、ハルくんこれ割れないよね？　割れないよね？」

〈あははは、大きい！　こんな大きい風船わたし初めてー！〉

前者は三好、後者は鳴沢の感想である。二人ともはしゃぐのはいいけれど、お願いだからまだ手を離さないでくれよ。ちなみに、この程度のガスの充塡で風船が割れることは絶対にない。何せもし無事に目標としている上空三万メートル近くにまで辿り着いたのならば、この風船は今の百倍ちかくの大きさになるのだから。

ヘリウムガスが十分に充塡されたら、留め具を使ってしっかりと風船の口を閉じる。自分の背丈よりもはるかに大きな風船というのはそれなり以上の迫力がある。小さな風船を大量に結びつけてなんとか浮力を稼いだ前回の風船ロケット一号機とは、あまりにもスケ

ールが違う。

「わー、すごい。ものすごく上に引っ張られるよ？」

三好がそう言うと、傍らの鳴沢も笑って、

〈このまま飛んじゃいそうだね！〉

さすがにそれはない。

とはいえ、いま鳴沢と三好が手を離したらこいつはすぐにでも空へと舞い上がっていくのだ。それを考えると、おれは武者震いのように興奮で身体が震えた。

こまめに時刻をチェックする。時計の針はまもなく五時半を過ぎようというところ。打ち上げ予定は五時半から六時の間だから、全て計画通りに進んでいる。

リュックから温度計を取り出す。気温は現在十二度。暦が六月に入って、ようやく日中は暖かさを感じられ始めたけれど、さすがにこの時間はそんなこともない。体感としては、シャツとパーカーだけだと少し肌寒いくらいだ。

空を見上げると、嘘みたいに雲ひとつない。

ちなみにいわゆるすじ雲が出ているときは、対流圏で乱気流が発生していることが多いので、それだけが心配だったけれど、日頃の行いはさておき天候には恵まれたようだ。

最後に、ロケット本体や風船の状態をひとつひとつ細かくチェックして、準備に漏れがないかを丁寧に確かめた。

そうして最終チェックを終えたことを二人に伝えると、風船ロケットを押さえている三好がおれに向かって、

「ねえ、これはハルくんが自分の手で離しなよ」

その提案に鳴沢も同意するように頷いたので、おれは二人と交替するように風船ロケットを手にした。

瞬間、こんな地表ではなくあの広い空へと早く飛んでいきたいのだとせがむかのように、風船ロケットがその浮力をおれの掌に伝えてくる。

「じゃあ、カウントダウンするね！」

と、三好が高らかに言う。いや、そんな恥ずかしいことはしなくていいと伝えたいが、生憎とこちらは手が塞がっているのでそれどころではない。

「鳴沢さんも一緒にね？」

その提案には、こくりと鳴沢も素直に頷いて、

「五から？」

「じゃあ、十からかな」

二人はそんな気の抜けた打ち合わせをしてから、おれへと視線を向けると、

「それじゃあハルくん、行くよ！」

三好のその合図をかわきりに、口の動きを揃えるようにカウントダウンを始めた。ちなみに三好については言うまでもなく、鳴沢も日本語で。

「じゅう、きゅう、はち――」

二人の声と同調するように、おれの心臓の鼓動も速さを増していく。それはまるで、言葉の足りないおれに代わって、カウントダウンをしてくれているかのよう。

「なな、ろく、ご、よん――」

おれは祈る。

もちろん、神様にではない。目の前の風船ロケット二号にだ。おれから奪うばかりの神様に祈る言葉なんて、おれは持ち合わせていない。

――お願いだ。

お願いだ、風船ロケット二号。

確かめてきてくれ。

翼を持たない、おれのために。

ガガーリンが言ったように、地球が青いということを。

そして何より。

「さん、にー、いち――」

おれが目指すその先に、神様なんて存在は、どこにもいないということを。

「――ゼロ!」

その声と共に、手を離す。

直後。

風船ロケットは、おれが思っていたよりもずっと速く、するすると空へ昇っていく。

傍らで、三好と鳴沢が喝采の声を上げる。

おれは二人のそんな無邪気な様子を横目で見てから、風船に視線を戻す。一瞬目を離しただけなのに、視線の先の風船はとても小さくなっていた。

おれのロケットが――いや、ロケットと呼ぶほど恰好の良いものでもないけれど、それでも自分の手で作ったものが空へと飛んでいく。

そんな光景を前に、言葉にできない達成感と充足感を覚えながら、おれは思う。

おれの夢は叶わない。それはもう、十二分に知っている。

でも、ひょっとすると。

その夢を越えるものが、本当にここにはあるのかもしれない、と。

風船ロケットの打ち上げそのものは成功したが、問題はここからだ。

それというのも、風船ロケットが成層圏——目標である高度三万メートル付近に辿り着くまでには実に二時間くらいかかる。ちなみに言うまでもないことだけれど、風船が上空で破裂して地表に落下してくるまでの時間は、それとは比較にならないほど短い。パラシュートはついているけれど、上空では空気が薄いのでマッハを超えるくらいの速度が出る。マッハという単位を、本当の意味で使える機会というのも、少なくとも小学生にはそうそうない。

風船ロケット内のスマートフォンが自動的にフライトモードを解除して、GPSの信号を発するのは三時間後だ。それまではこれといってやることもないので、さっさと家に帰ってしまっても別に問題はない。

とはいえ、折角早起きしてこんなところまで出てきたのだから、まだ少し早いがここで朝ごはんにでもしようと、敷いておいたレジャーシートの上に腰かける。

小学生三人の量にしてはちょっと多いかもしれない二段重ねの弁当を広げると、ほとんど身を乗り出すようにして重箱の中身を覗き込んでいた鳴沢が、

〈あぁっ!〉

そこにあるウィンナーの群れに視線を向けながら、声を高くして叫んだ。

〈うさぎ！　うさぎだ！〉

そう、そういう反応が見たいがために、わざわざ手間をかけてやったんだ。ウィンナーの、うさぎの飾り切り。ちなみに自慢じゃないけれど、ウィンナーに切り込みを入れただけのつまらないものではない。頭と胴体にパーツを分けたうえで爪楊枝で連結して、黒ごまで目までつけてある。

「うわあ、凝ってるなあ。ねえ、これってもしかしなくてもハルくんの手作りなんだよね？」

〈えええ！〉

三好の発言を追うように鳴沢はまた叫んでから、今度はおれに向かって英語で、

〈このお弁当、ハルが作ったの？　全部？　一人で？〉

頷く。

まあ作ったといっても、おにぎりと卵焼きと、ウインナーの飾り切りくらいしか今朝はしていないけどな。チキンナゲットとチキチキボーンはオーブントースターで焼いただけだし、ひじきも切り干し大根も詰めただけだし。

しかし鳴沢は、そんなおれの手抜き事情などを察する様子はまるでなく、何やら憧憬《しょうけい》の眼差しをこちらに向けて、

〈もしかして、ハルって天才？〉

うさぎのウィンナーごときでそこまで評価するのもどうかと思う。天才の安売りにも程がある。

「ねえ、早く食べよう。ぼくもうお腹ぺこぺこだよ」

三好が促して、全員で手を合わせていただきますとなる。しかし、午前六時に外で食べる朝ご飯というのも、なかなか珍しいものだ。広々とした芝生の上を吹き抜ける朝の風も、まだ少し冷たいとはいえ程よく空腹を刺激する。

「んんー、卵焼き美味《おい》しい！」

卵焼きを口に放り込んだ三好は、頬に片手を添えながら妙にくねくねとして、

「ぼく、甘い卵焼きって、だいすき」

和菓子屋の子どもは、やはり甘いものが好きになるものなんだろうか？　サンプルが三好しかいないからなんとも言えない。それに何か、最近になって太ったんじゃないか？　なんというか、ここ一年くらいで妙に丸くなった気がするけれど。

そう指摘すると、三好は何故だかやたらとムキになって、

「太ってない！　太ってないよ！　成長してるだけだよ！」

そんな変に怒る三好の隣で、鳴沢はというと、

〈えへへー〉

などと、緩んだ笑みをこぼしながら自分の皿の上にうさぎウィンナーを三つも確保して、なんともご満悦なご様子だ。遊ぶな。

早く食べろよと促すが、鳴沢はぶんぶんと首を横に振って、

〈やだ！〉

やだじゃない。ウィンナーの飾り切りなんて、弁当箱を開けた瞬間にわあカワイイねいただきますむしゃむしゃで片付けてしまえばいいんだよ。

というわけで、おれは多少行儀が悪いと自覚しながらも鳴沢の皿の上に箸を伸ばし、三羽のうさぎのうちの一羽を容赦なく箸で突き刺し食べてしまう。

〈あ、あああっ！〉

すると鳴沢は、驚愕のあまりかやや間をあけるようにしてから叫んだ。

〈ハルがメアリー勝手に食べたー！〉

名前をつけるな、名前を。それに、よりにもよってなんで大切にしているぬいぐるみと同じ名前をつけるんだよ。

「いじわる！　ハルはいつもいじわるばかりする！」

鳴沢がここぞとばかりに日本語でそう叫ぶと、三好のほうもここぞとばかりに同調して、

「そうだそうだ、ハルくんはいつもいじわるばっかりだ！」

できることなら、おれがいつおまえ達にいじわるをしたのだと声高に叫びたいところだったけれど、三好と鳴沢は何やら「ねえー？」と珍しく意気投合しているので、おれは空気を読んで溜息をひとつ吐くだけにしておいた。


朝食後、おれとしては家に帰りたかったのだが、用意のよい三好がフリスビーやらバレーボールやらを持ってきていたこともあり、そのまま森林公園で遊ぶことになった。

ただ、さすがに二時間近くも身体を動かし続ける気にはなれなかったので、おれは途中から離脱して風船ロケット二号の飛行経路の予測をひとり立てていた。

今は気象庁のサイトを始め、その日の風の動きをかなり正確に把握できるサイトが一般向けにもいくつも公開されているので、スマートフォンひとつあれば風船ロケットの飛行経路はそれなりの精度で出すことができる。

ただ、そうしていくつかのサイトを確認したところ、どうやら今日は上空のジェット気流がかなり強いようだった。この時期のジェット気流は時速百キロくらいが平均的だが、今日は百五十キロを超えている。

風船ロケット二号はいま、ラピュタで言えば竜の巣に立ち向かうグライダーのように、その暴風に耐えながら孤独に成層圏を目指しているのだと思うと、なんだかこうして地上でぼんやりとしていることが申し訳なくなる。同世代のパズーはあんなにもがむしゃらに頑張っていたのに、おれはこんなでいいのだろうか。

そんなことを考えつつ、持ってきていた北海道全域の地図の上に、気象サイトの情報を基にして飛行経路を書き出していく。

なんとか、石狩平野のどこかに着陸してくれたらと初めのうちは思っていたが、それがあまりに甘い考えだと気づくのにさほど時間はかからなかった。

そうしてちょうど予測経路を出し終えたところ、二人バレーボールにも飽きたのか三好と鳴沢が寄ってくる。

「どうなの、ハルくん。風船ロケットは順調そう……では、なさそうかな?」

にこやかな表情で尋ねてきた三好だったが、おれの様子を見るなり眉尻を下げる。どうやら、感情が全て顔に出てしまっていたらしい。

「地図だー」

目の前に広げている地図を見て、鳴沢が至極当然のことを日本語で言う。鳴沢はその場に屈むと、つい今しがたおれが地図に記入した飛行経路を指先でなぞり始め、

「おび、ひろ……帯広市?」

そして、多少自信なげではあったものの、その終着点付近にあった地名を読み上げた。

そんな鳴沢の傍らで、三好も声を高くする。

「え、ハルくん、帯広って本当なの？」

そう、そうなのだ。

おれの先ほどの、石狩平野のどこかにでも着陸してくれればだなんて想像は、あまりにも浅はかだった。

気象サイトの情報とおれの計算を信じる限り、ここ朝見市から打ち上げた風船ロケット二号は、どうやら上空を流れるジェット気流の影響を予想以上に受けて東へと流れ、あろうことか夕張すら越えて帯広の手前にある神得町《しんとくまち》なるところまで飛ばされてしまったらしい。

距離にして、実に約百五十キロメートルだ。どうやら風船ロケット二号は、おれの予想に反してとんでもないロングフライトを決めてしまったらしい。

その事実を前に、さすがにおれも唖然としてしまう。

まあ、神得町の西にある夕張岳の山中に落ちるよりはマシだったかもしれないけれど、しかしそれにしても、帯広の手前って。これはまたずいぶんと、遠くまで……。

〈ねえねえ、これはどうやって回収するの？〉

と、鳴沢が素朴な問いを投げかけてくる。

〈もしかして、今から神得町に行くの?〉

……神得町か。

詳しくは調べてみないとわからないが、特急列車に乗れば子ども料金でも片道四千円くらいはかかりそうな気がする。それに、この神得町というのは地図を見る限り、そこまで交通網が発達しているようには見えないし、どちらかと言えばそこからの足が問題になりそうだ。

とはいえ、おれの予測がどれだけ正確かはわからないし、今は大人しく風船ロケット二号がGPSの信号を発してくれるのを待つしかない。

頼む、風船ロケット二号。

最悪、帯広に落ちてもいいから、夕張岳のど真ん中にだけは落ちたりしないでくれ。

そんな祈りとともにさらに待つこと、一時間ほど。

おれが手に持っているスマートフォンのアラームが、残り一分を切る。

いま表示させているこのアラームは、風船ロケットに組み込んだ発信機がわりのスマートフォンが、フライトモードを解除するまでの残り時間だ。

それはつまり、風船ロケットがその居場所を告げる瞬間に他ならない。

「残り一分ー！」

すぐ傍らでおれのスマホの画面を覗き込んでいた鳴沢が、なんとも楽しげに日本語で言う。

「わあ、なんかすっごいドキドキするね！　どこまで飛んだのかなあ！」

鳴沢ほどではないものの、三好のテンションもずいぶんと高い。ドキドキするのはおれも同じだが、正直なところおれは期待よりも不安のほうが大きい。本当に、回収不可能なポイントに落ちていないことを祈るばかりだ。

さらに待つこと数十秒、いよいよアラームの秒数が五秒を切る。

「よん、さん、にー、いち、ゼロー！」

本日二度目となる三好と鳴沢によるカウントダウンが終わると同時に、スマートフォンがピピピとアラーム音を響かせる。

すぐさまおれはアラームを止めて、専用のアプリを立ち上げる。専用のアプリといっても、さほど特殊なものではない。事前に登録してある別のスマートフォンの現在位置を確認できるアプリで、本来はどこかに忘れてしまったスマートフォンを見つけるためのものだ。当然、風船ロケット二号に組み込んだスマートフォンは、すでに登録してある。

アプリが立ち上がったのを確認したあと、おれは気を落ち着かせるように深呼吸をひとつしてから、目的のスマートフォンを——風船ロケット二号の居場所を求めて、検索した。

そのまま黙って待つこと、二十秒ほど。

検索の結果が、スマートフォンに表示される。

〝風船ロケット二号　オフライン〟

正直。

その結果を前にして、驚きのあまりに何秒か呼吸が止まった。

〈えええー！〉

鳴沢の叫びを横にしつつ、おれはアプリケーションの更新ボタンを押す。だが、何度更新を繰り返しても、風船ロケット二号の中にあるスマートフォンを見つけ出すことはできない。

なんだ？　これは一体、どういうことだ？

「もしかして、まだフライトモードが解除されてないとか……？」

三好はそう言うが、さすがにそんなことはないはずだ。

フライトモードは打ち上げからきっちり三時間後に解除されることになっている。そう設定してあることは何度も何度も確認したから、そこに間違いはない。

であれば、単純に考えて、風船ロケット内のスマートフォン自体に、何らかのトラブルが生じたのだ。

想像する限りでは、発泡スチロールで外気から遮断されているとはいえ、最高でマイナス五十度近くにもなる極度の低温にやられたか、あるいは二十分近い成層圏からの落下が何らかの影響を及ぼしたか、というくらいだろうけれど。

そんなことを考えながら、もう一度だけ画面を読み込んでみるも、手にしたスマートフォンが風船ロケット二号からの信号を捉えることは、やはりなかった。

……つまり？

この結果を端的に表すのならば、つまりはそう――ロストだ。

ロスト。回収不可。

折角、ここまで上手くいったのに？　それなのにおれは、風船ロケット二号が捉えたであろう映像を、成層圏からの地球を、見ることができない？

その。

あまりにも無情な事実に気づいてしまった途端に、おれは、

「ちょっ、ちょっとハルくん！　大丈夫？」

気づいたときには、その場に仰向けに倒れてしまっていた。

おれがショックのあまり気絶したとでも勘違いしたか、三好はひどく慌てた様子でこちらを覗き込んでくる。

しかし、一方のおれはというと、なんだかもう自分でもよくわからないけれど妙に愉快な気分になってしまって、久しぶりにその場で息を漏らすように大笑いをしてしまった。

そんなおれの様子を前に、三好と鳴沢は仲良く呆気にとられている。

「ハルくん？　ねえ、本当に大丈夫？　ついに頭がおかしくなった？」

失礼な。ついにってなんだ、ついにって。

〈ハル？　生きてる？〉

かがみ込み、おれの顔を覗き込むようにしながら鳴沢が尋ねてくる。おれは大丈夫だと返事をする代わりに、芝生を背にしたまま軽く肩をすくめながらも、口の端を上げた。

〈大丈夫だよ、ハル。失敗じゃないよ！〉

すると鳴沢も、おれが失意の底にあるのではないことを理解したのか、にこりと含みなく笑いつつ、大きく両手を広げて言った。

〈ハルの風船ロケットは、きっとちゃんと宇宙まで行ってきたんだから！〉

その鳴沢らしからぬ理解ある言葉に、おれはわずかに面食らう。

でも、そうだな。

確かに、鳴沢の言う通りだ。

GPSの信号こそ捉えることはできなかったが、だからといっておれの風船ロケット二号が成層圏まで辿り着かなかったとは、限らない。むしろ、成層圏まで無事に到達したからこそのトラブルだったのかもしれないしな。……まあ、多少前向きに受け取りすぎかもしれないが、それでもおれは今日、この手で少なからず宇宙へと近づいたのだ。

誰がなんと言おうとも、それだけは確かなんだ。

晴れやかだった。

胸の奥につかえていたものが、すうっと溶けてなくなったかのようだ。何ものにも代えがたい充足感が、達成感が、身体の内側から湧いてくるのがわかる。普段の生活の中では決して得られないこの感覚に、いつまでも浸っていたい。

〈あ、そうだ！〉

そんな満たされた想いでいるところ、不意に。

〈あのね、ハル！　聞いて聞いて聞いて！〉

おれの高揚が少なからず影響しているのか、鳴沢は頰をわずかに赤く染めながら、興奮を隠せないような様子で落ち着きなく声をかけてくる。

それに首を傾げれば、鳴沢はその青い瞳を近づけて、

〈あのね、ハル、覚えてる？　この前、わたしがハルの家に泊まったときに、いいこと思いついたって言ったの〉

そう言えば、そんなことも言っていたな。あれからもう一ヶ月近く経っているし、すっかり忘れていたけれど。一体、それがなんだというのだろうか。

〈あのね〉

鳴沢は、その金色の毛先を揺らすように少しだけおれに身を寄せると、口の端を大きく上げるようにして、嬉しそうに微笑む。

〈わたしね、将来、宇宙飛行士になることに決めたの！〉

突然、そんなことを、言ってきた。

それも、これ以上はないほどに表情を輝かせて。まるでそれが、おれへのサプライズプレゼントであるかのような態度で。そんなことを。

そんな、ふざけたことを。

〈だからわたしね、いまね、すごく勉強してるの。宇宙飛行士になるために。ハルがロケットを作って、それにわたしが乗るの！　ねえ、とってもいい考えでしょう？〉

鳴沢の、そんな邪気のない発言を前に、拒否されることなんて爪の先ほども考えていないだろう表情を前に、冷静でいられなくなる。先ほどまでの心地よい高揚は嘘のように引いて、まるで氷水を脊髄に直接注ぎ込まれたかのようだ。

いま。

おれはいま、どんな表情をしているのだろう。

宇宙飛行士になる？　宇宙飛行士になるだって？　おれがロケットを作って、おまえがそれに乗るだって？　それがいいこと？

何が？

どこが？

〈一体、それのどこがいいことなんだ？〉

そう返すや否や、目の前の鳴沢が一瞬にして顔を曇らせる。そのくらい、おれの反応は彼女にとって予想外だっただろうか。

〈え、それは、だって……〉

口ごもる鳴沢を前にして、おれはすぐに首を横に振る。

いい。

答えなくても、いい。というより、それ以上、喋るな。

理性の蓋が、音を立てて外れそうだ。

暗い感情の波に、呑み込まれてしまいそう。

わかっているんだ。わかってはいるんだ。

鳴沢は何も悪くないとわかっている。こいつは無邪気なだけなんだ。無知なだけ。ほんの少しばかり、他人の感情の動きに鈍いだけなんだ。

——でも。

でも、だめだ。

それと同じくらいに、わかるんだ。

たとえそこに悪意がないのだとわかっていても、これ以上、鳴沢に言葉を重ねられたらおれの心が弾けてしまう。彼女のそういう幼さを理解しながらも、彼女の無神経さを許容しきれない。

だからお願いだ、喋らないでくれ。本当に、これ以上は。

心の底から、そう思うのだけれど。

〈どうして、どうしてそんなひどいこと言うのっ?〉

目の前の幼い彼女が、そんなおれの幼さを理解できるはずがないのだ。

〈だって、わたし……ハルが喜んでくれると思って……ハルの作ったロケットにわたしが

乗るの、そうなったら素敵だなって、思ったから。だから……〉

その一言が、終わりだった。

〈なれないから〉

書き殴るように、打ち付けるように、おれは感情を吐き出す。

〈おまえみたいなやつは、宇宙飛行士には絶対になれない〉

振りかぶってしまった拳はもう、止まらない。

〈なんで！　なれるもん！　なれるもんなれるもん！〉

身体を前のめりにして声を荒らげる鳴沢に対して、一方のおれは冷ややかに返す。

〈じゃあ、宇宙飛行士に一番必要なものは何か知ってるか？〉

尋ねると、鳴沢が言葉に詰まる。

確かに、何々に関して一番必要なものはなんだという質問は、咄嗟には答えにくい曖昧なものではある。

でもな、鳴沢。

こと宇宙飛行士に関して言えば、この問いにはわりと明確な答えがあるんだよ。

知らないのなら、教えてやる。

宇宙飛行士になるのに、一番必要なものは何か。

実際、宇宙飛行士という職に就くために必要なものというのは、あまりにも多岐にわたる。

宇宙という極めて特殊な状況下では、ほんの小さなミスでプロジェクトは破綻し、簡単にクルーは死んでしまう。

様々な意見があるのは重々承知だが、それでもおれは世界中のあらゆる職業の中で、宇宙飛行士ほど多種多様な能力を問われるものはないと信じている。宇宙に関する知識や理解は当然のこととして、先天的素質、状況認識、自己管理、危機管理などの多方面の能力が宇宙飛行士には常に最高水準で求められる。

ただ、宇宙へと実際に旅だった先人達の多くは、それらのスキルよりもはるかに重要視すべきものが宇宙飛行士にはあると口を揃える。

空間的にも閉鎖され、食事や排泄などの単純な生命維持活動のひとつひとつから多くの注意が必要となるような状況下で、宇宙飛行士達は人種や国籍を超えて協同しなければならない。そんな状況で最も必要とされるものは、何か。

その答えは、あまりにも単純だ。

〈協調性だ〉

この非常にシンプルかつ明確な要素ほど、宇宙飛行士というほんの一握りの存在になるために必要不可欠なものは、ありはしない。

それにもかかわらず、クラスメイトとさえ仲良くできないどころか、仲良くしようとすらしないようなやつが、宇宙飛行士になんてなれるわけがない。

ないだろ？　協調性。鳴沢イリスには。

自分のことを棚に上げて、おれはせせら笑うように少女に突きつける。

気持ちよかった。

あまりの快感に、身体が少しばかり震えそうだった。自分と同じ低く淀んだところに相手を無理矢理に引きずり込むということが、これほどまでに心地よいことだとは知らなかった。

同時に。

その行為がこんなにも虚しさを心に募らせるものであるとも、知らなかったが。

〈うっ……ふぐ、ぐうっ……〉

目の前で、鳴沢が嗚咽《おえつ》を漏らすように泣き始める。泣き喚くような声こそ上げないものの、その青い瞳からは涙の大きな粒が次々に流れていく。

「ちょっと！　ハルくん！」

傍らの三好が、おれの肩を痛いくらいに摑んで無理矢理におれを振り向かせる。

「どうしたの！　ハルくんいま、鳴沢さんになんて伝えたの！」

鳴沢との英語での会話の内容はわからなかっただろうに、それでも三好の目つきは明らかにおれを責めている。単に鳴沢が泣いているから、というだけではないだろう。

「どうして鳴沢さん泣いてるの？　ハルくん、いま鳴沢さんに何を伝えたの！」

その返事を拒否するかのように、おれは目を閉ざす。

鳴沢を泣かせたことへの、言い訳をするつもりはない。

でも、だからといって簡単に謝りたくもなかった。

泣きたかった。

おれだって本当は、鳴沢のように人目を憚《はばか》らず、泣きたかった。

第二章　言葉の壁

暦は八月の終盤に差し掛かったくらいだが、北海道の短い夏はもう過ぎた。

その夏と同じく短い夏休みは一週間ほど前に終わり、すでに休み明けというムードですらなくなった。全国的にはまだまだ残暑は厳しいらしいが、もうこちらでは朝晩は少し冷えるくらいで、半袖のクラスメイトは日ごとに少なくなっている。

風船ロケット二号の打ち上げ失敗から、三ヶ月近くが経とうとしている。

おれとしては今すぐにでも三号を作りたいのだけれど、なかなかに問題が山積みだ。ただ、そうは言っても大きく括《くく》ってしまえばそれらの問題は全て、この一言で片づけられる。

資金不足。

そう、お金がないのだ。

まだお年玉貯金はいくらか残っているものの、二号のロストに伴って発信機がわりのスマートフォンとデジタルカメラの両方ともなくなってしまったのが非常に痛い。

おれはいま、毎月千円の小遣いをもらっている。小学生にしてはそれなりにもらっているほうだと思うから、あまり文句は言えない。それでも毎月千円の積み立てでは、いくらなんでも宇宙はちょっと遠すぎる。

とはいえ、それでも先のふたつの機材に関しては、お小遣いなりお年玉なりでこつこつお金を貯めれば、なんとかならなくはない。

――一方で、おれが抱えているもうひとつの問題は、なんとも難題だった。

というのも、おれは次の風船ロケット三号に関しては、打ち上げたあとにリアルタイムでカメラの映像を追いかけるようにしたいと強く思っているのだ。

スカイプなどの映像通話が世界中のそこかしこで行われているこの時代だ、カメラの映像を地上に飛ばすくらいわけない――などと、この発想を思いついた初めのうちは思っていたけれど、これがもう実際はとんでもない勘違いだった。

色々と調べた結果、高度一万メートル以上の上空から電波を飛ばそうと思ったら、それはそれはとてつもなく高価な無線の発信機と受信機が必要となる。それこそ災害地を無人ヘリで空撮するためのものであるだとか、かなり専門的なものでないとダメだ。

そして、この発信機と受信機は両方合わせて安くても三十万円くらいする。ヘリウムガスが一万円もして高いとかそういう次元じゃない。本当にもう、笑うしかない。

さらに、もし仮にそうした高価な機材があったとしても、映像を送れるほどの電波を個人で飛ばすともれなく電波法にひっかかってしまう。

ではどうすればいいのかと言えば、こちらに関してはまあ単純で、第二級陸上特殊無線技士という資格がいる。それにこの資格は合格率で言えば七割以上のもので、頑張って勉強すれば小学生でも合格できるらしかった。そのことを知ったおれは春先から勉強を始め、風船ロケット二号を打ち上げた次の週くらいには試験を受けていた。結果はなんとか合格で、おれの無愛想な顔写真のついた免許証が送られてきたのが先月のことだ。

そんな事実を受けてか否かは知らないけれど、地元の新聞社が風船ロケットについて取材をしたいと連絡してきたこともあった。もちろん、断ったけれど。

だって、嫌じゃないか。

もしその記事を見た誰かに、世の中にはこんなにも頑張っている子がいるんだみたいに同情的に感心されるのは、それはもうたまらなく嫌じゃないか。単なる自意識過剰とも、思うけれど。

ただ、そんなふうに手を動かし頭を働かせて資格を取ったはいいものの、高額な発信機と受信機はとても手に入らないし、それに代わるようなものもまるで見つかりそうになかった。

そんな現実にひどく頭を悩ませていたせいか、三好曰く、最近の教室でのおれはいつにも増して近寄りがたい雰囲気を放っていたらしい。

ただおれから言わせてもらえば、おれがそんなふうに無愛想と仏頂面を加速させているのは、クラス全体の空気がどうにも不愉快な方向に流れ始めているからだった。

具体的に言えば。

ここのところ、主に女子を中心としたクラスメイトの鳴沢イリスへの風当たりが、目に余るほどに厳しくなっていた。

そして、そうしたクラスの雰囲気を加速させていたのは、確実に放課後の〝三分間英会話〟のせいだった。

二学期になってから、我らが六年二組では日本語が上手に話せないオトモダチこと鳴沢イリスのために、その三分間英会話なる馬鹿みたいな時間が設けられるようになっていた。読んで字のごとく、その内容は毎日放課後に三分間だけ、クラスのみんなが英語について学ぶ機会を作る、というものだ。一応、六年生には週一回英語の授業があるが、正直なところあれは学習というよりは、英語を使ったお遊びに近いものだしな。

二学期の初日、岡崎先生の口からこの三分間英会話なるもののプランを聞いた瞬間、おれはっきりと、ああどうなっても知らないぞ、と強く思った。

おれが個人的にリサーチしたところ、岡崎先生は明言こそしなかったがどうやらそんな究極的に馬鹿げたことを考えたのは市の教育委員会とPTAの方々らしい。ほんの少しばかりトゲのある言い方になってしまうけれど、おれはその人達を心の底からどうしようもない間抜けだと思った。

どうして、その人達は少しでも想像できなかったのだろう。

放課後、みんなが一秒でも早く学校から解放されたいと願っているときに、自分達のクラスだけがたった一人のオトモダチのために三分間も余計に時間を取られるということが、一体どれほどの反感を買うかを。

放課後。

その事件は、岡崎先生がいつものように三分間英会話を終礼の前に行っている最中に起きた。

「先生、もうやめにしませんか？」

二学期最初の席替えで、自分で言うのもなんだけれど、おれの隣の席というなんとも可哀想なポジションになってしまったクラスの女子——苅屋修子が、おもむろに片手を上げながら鋭い声で言った。

「何の意味もないですって、これ」

瞬間、教室の空気が嫌な具合にざらつく。

市販の英会話の教本を片手に、今日は〝学校の授業では何が好きですか?〟という、役に立つのか立たないのか非常に微妙な英文を教えていた岡崎先生は、その苅屋の一言に対して一瞬渋い顔を浮かべつつも、穏やかに返した。

「意味ない、か。どうしてそう思うんだ、苅屋」

「どうしてって、どう考えてもやる気ないじゃないですか」

言って、苅屋は周囲を見回すようにする。

「クラスのみんなだって、先生だって――」

そこで言葉を区切ると、苅屋はすぐ目の前に立っていた鳴沢を睨みつけるようにしながら、吐き捨てる。

「それに、鳴沢さん本人だって」

この三分間英会話の時間、鳴沢は教壇の横に立っている。

先生が慣れない手つきで黒板に書いた例文を、彼女がしぶしぶ発音して、それをクラスメイトが念仏のようにむにゃむにゃと繰り返す。この一連の流れこそが三分間英会話の正体だ。誰一人として得をしない最悪のシステム。もちろん、一番可哀想なのは鳴沢だけれど。もしおれが彼女の立場なら、迷わず登校拒否になっている。

「先生。この三分間英会話、みんなすごく迷惑しています」

苅屋修子はこのクラスで最も発言力のある、六年二組のリーダーみたいな生徒だ。背伸びをしたいのかは知らないけれど、妙に中学の制服っぽい服を常に着ているところは少し馬鹿っぽいが、これで意外に勉強はできるなど賢い一面もある。今だって多少は感情的な含みこそあるものの、それなりに理にかなっている意見を述べているように思える。

「クラスのみんなだけじゃなくて、今も廊下でこのクラスの終礼が終わるのを待っている他のクラスの子だってそうです」

言われて教室の外にちらりと視線を向ければ、誰が誰のことを待っているのかは知らないが、確かにすでに終礼を終えたらしい他所《よそ》のクラスの生徒が何人も立っていた。彼らはつい先ほどまで所在なさそうにしていたが、今は教室内の異変に気づいたのか物珍しそうな眼差しでこちらを見ている。

「こんなことしなくても私達、鳴沢さんと仲良くできますけど。むしろ、こんなふうにされたら逆に仲良くしにくいです」

後者は大いに理解できるけれど、前者は自分の意見に信憑性《しんぴょうせい》を少しでも加えるための単なる方便だろう。いつまでも鳴沢との仲が深まらなかったからこそ、こんな時間が設けられてしまったという側面は確かにあるだろうしな。

「鳴沢さんだって、そんなところに立っているの、イヤでしょ」

苅屋に会話を振られた鳴沢は、わからない問題の解答を先生に指名されてしまったかのようにびくんと肩を震わせ、露骨に視線をさまよわせる。いつかも言っていたが、鳴沢は苅屋のことが苦手であり、より簡単に言えば嫌いなようだ。

「……別に、どうでもいいですから」

ややあってから、鳴沢が訥々《とつとつ》とした日本語でそう答えると、苅屋は目つきをさらに鋭くして、

「あのさ、なんでそこでどうでもいいとか言うわけ？　なんで素直にイヤですって言えないの？」

苅屋の言い方は、お世辞にも優しいとは言えない。

でも、鳴沢の態度だって全く褒められたものではない。鳴沢もこの三分間英会話の被害者であることは間違いないけれど、もう少し何らかの自己主張があってもいいだろうとは苅屋でなくても思うところだ。

「そのどうでもいいことに付き合わされるほうの身にもなってくれない？　あんたからもちゃんとイヤですって言いなよ！」

「苅屋、少し落ち着きなさい」

興奮し始めた苅屋をなだめるように、岡崎先生が割って入る。

教室の空気は最悪だ。まるで空気そのものが妙な粘り気を持っているかのようで、たまらなく気持ちが悪い。軽く後ろを振り返ってクラスメイトの様子を窺うと、誰もが自分に何らかの面倒が降りかかってきたりしないようにと視線を明後日《あさって》の方角に向けていた。

それから、しばらくの間を置いて、

「……そうだな、わかった」

と言って、岡崎先生は片手で開いていた英会話の教本を閉じると、教室をゆっくりと見渡すようにしてから、

「それじゃあ、明日の朝、この三分間英会話に対するアンケートを取る」

アンケート？

本当にそんな、子ども達に主導権を握らせるような手法を取っていいのかと眉をひそめたその直後、

「そのアンケートで、もしクラス全員の四十人中……そうだな、三十五人。三十五人がやめて欲しいと回答したら、この三分間英会話は一度やめようと思う」

「どうして三十五人なんですか」

四十人中三十五人という厳しい条件に、苅屋がすぐさま口を挟む。

「普通、過半数じゃないんですか」

彼女が当然のようにそう尋ねると、岡崎先生は、

「どうしてって、苅屋、さっきお前が言ったことだろう？」

教壇の机に両手をつきながら、そのいつもはいかにも人畜無害そうな顔つきを歪めるように、口の片端を上げてどこか不敵な笑みを作った。

「クラスのみんなが迷惑してるんじゃないのか？　だから本当なら四十人中、四十人でもいいと俺は思っているくらいだよ」

その返答に、おれは内心で思わず舌を巻いた。

活動の是非を生徒へのアンケートに委ねるだなんてことを言い出したときは、どうにも情けないなと思ったくらいだけれど、なるほどそういう心づもりだったのか。

「……わかりました」

結局、そんなふうに自分の発言に縛られてしまった苅屋は、どうにも上手い反論を見つけることができないらしく、

「じゃあ、その条件でもいいです」

そう同意して、明日その条件でアンケートが行われることが決定した。

それから数分後のこと。帰り道にて。

「ハルくん、このままじゃあよくないよね？」

おれは一人で教室を出たにもかかわらず、三好はそんなおれのことをすぐに追いかけてきて、何の前置きもなしにそう切り出してきた。対しておれは、学校で話しかけるなという約束はどうしたと眼差しに乗せたが、三好は取り合わず、

「アンケート、どうしたらいいのかな」

などと、戸惑いと怒りをない交ぜにしたような表情で言葉を繋げる。

「ハルくんは、なんて答える？」

おれはもちろん、三分間英会話などという悲しみ製造機みたいなシステムは即刻中止したほうがいいと力強く答えるつもりだが、おれの意見などはどうでもいい。アンケートなのだから、自分の意見を書くべきだ。

伝えると、三好は表情を曇らせて、

「それは、そうだけどさ……。ねえ、なくなっちゃうかな？　三分間英会話」

さらに尋ねられ、おれは肩をすくめるしかない。

わからないさ、そんなことは。

苅屋が言っていたように、三分間英会話に対してクラスメイトの多くがその存在に不満を持っているのは疑いようのない事実だ。過半数以上の反対票でという条件ならば、間違いなく三分間英会話は打ち切りとなるだろう。

でも、四十人中三十五人という条件下であれば話は別だ。

三分間英会話なんて時間の無駄だからやめたほうがいいと回答をすることができない人間というのも、五人くらいなら下手したらいるかもしれないとも思う。何せその選択は、表面的には鳴沢イリスという存在をないがしろにすることになるからだ。ただまあ、それは本当に表面的な話であって、鳴沢本人も実際は三分間英会話の存在を重荷に感じているはずなのだが。

「ねえ、ハルくん」

三好はどんぐりのような丸い瞳を、まっすぐにこちらに向けながら、

「あれからさ、イリスちゃんと少しでも喋ったりした？　してないよね？」

こいつはいつから鳴沢のことをイリスちゃんなどと呼ぶようになったんだったか……ということはさておき、三好の言うところのあれからが、一体何を指しているのかなんてことは尋ね返すまでもないだろう。

風船ロケット二号打ち上げでの、あの口論——というか、一件から。

鳴沢は、嘘みたいにおれに近づいてこなくなった。それまでは、おれがトイレに立つときですら、意味もなく追いかけてきていたというのに。

いま、おれという話し相手を失った鳴沢は、まるで転校したての頃まで時間が巻き戻ったかのように、いつも教室で一人ぽつねんとしている。三好がたまに声をかけているようだが、芳《かんば》しい反応は返ってこないらしい。

当然、そうして鳴沢が離れればおれのほうも一人になる。とはいえそれは当たり前というか、今までずっとそうだったからそれ自体は別になんとも思わないけれど。むしろ鳴沢にじゃれつかれていた期間こそが、特殊だったのだからと自分に言い聞かせることは容易《たやす》い。

「ねえ、もう八月も終わりだよ？」

と、三好はまるで諭すように、

「もう三ヶ月近くも喧嘩したままだよ？　ハルくん、そんなことでいいわけ？　よくないよね、よくないでしょう？」

せめて、返事する時間くらい欲しいところだ。

「だからさ、やっぱりハルくんがさ」

そんなふうに矢継ぎ早に繰り出してくる三好の発言を遮るように、おれは首を横に振る。

三好のその先の言葉は、簡単に想像できる。

やっぱりおれが謝ったほうがいいんじゃない、とでも言うんだろ?

ごめんだね。それだけは、ごめんだ。

おれにだって、譲れないことはある。というよりも、譲れなかったから喧嘩になったんだ。正確には、鳴沢がそんなことにも気がつかないようなやつだから。

「確かにイリスちゃんも、無神経だったかもしれないけどさ……」

おれの反応を前に、三好がこぼすように言う。あのときおれが鳴沢とどんな会話をしたのかは、すでにこいつにも説明してある。

「でも、ハルくんだってちょっと大人げないんじゃないの?」

小学六年生をつかまえて、大人げないと言われてもな。

「ハルくんは、いつもはすごく大人なのに」

そんなことはないと否定するように首を横に振れば、三好は眉尻を吊り上げて、

「違うよ! そんなことあるよ!」

叫ぶように言ってから、おれの目をじっと見て続ける。

「だってハルくんは、いつだってちゃんとした夢とか、目標とかがあってさ。それに向かって努力してて……この前だって、難しい資格を取ったりもしたんでしょう? ハルくん

は、クラスの誰よりも大人だよ」

　そんなふうにおれのことを褒めちぎる三好を横にして、おればばつの悪さのようなものを感じずにはいられなかった。

　三好。そんな全方位から褒めてくれているところを悪いけど、そんなことはない。おれはおまえが思っているほど、大人なんかじゃないんだよ。

　本当に。

　佐倉ハルは、これっぽっちも大人なんかじゃあ、ない。


　翌朝の朝礼で、岡崎先生は昨日の放課後に宣言していた通り、クラスの生徒全員に無記名のアンケート用紙を配った。

　安っぽい藁半紙《わらばんし》で作られたそのアンケートは、放課後の三分間英会話をこれからも続けることに賛成か反対かという二者択一の項目と、それに関して自分の意見を簡単に書くためのスペースがあるだけの、本当に単純なものだった。

　おれは用紙を配られた瞬間に〝反対〟にひとつも迷うことなく丸をつけたが、自分の意見を書くところには何も書かなかった。

　右隣に座っている苅屋を盗み見ると、何やらスペースいっぱいを使って細かい筆致で真剣に意見を書き込んでいる。おそらくそこには、三分間英会話がいかに無意味なものかが呪詛《じゅそ》のように綴られているのだろう。律儀《りちぎ》なやつだ。

おれの視線に気づいたのか、苅屋はこちらを睨みつけるようにしつつ反射的に自分の手元を隠している。その後で、こちらの手元を逆に覗き込むようにしてきたけれど、おれのほうは別に手元を隠したりはしなかった。むしろ見せてやってもいいさ。安心しろ、苅屋。おれだって全くもっておまえと同意見だよ。

アンケートの結果は、放課後に発表となった。

教室の中が奇妙な緊張感に包まれるなか、岡崎先生は一番前の席に座っている苅屋をちらりと見てから、いつもよりいくらか厳《おごそ》かな口ぶりで告げた。

「アンケートの結果、三分間英会話は今後も続けることになりました」

瞬間。

傍らで、苅屋の表情が氷のように冷たくなっていくのがよくわかった。

「具体的な数字は教えられないが、三分間英会話を続けることに賛成と回答した生徒が五人よりも多かったのは事実だ。みんなも色々と思うことはあると思う。先生だってそれくらいはわかるさ。でも一度決めたことだから、途中で投げ出さずにちゃんとやろう」

いいな、と先生が同意を促すも、教室からは失望と諦観の煮凝《にこご》りみたいな返事しか出てこなかったようだった。

さて。

そうして大勢の人間にとって大変不本意な結末に終わったであろうアンケートの翌日から何が始まったのかと言えば、大体想像はつくと思う。

それはもちろん、賛成の欄に丸をつけた人間の炙り出しだ。

とは言え、一度回収されてしまったアンケートの詳細を確認する術《すべ》などは誰も持ち合わせていない。となれば、必然的に行われるのは誰それが怪しいといった、無責任な推察と臆測の交錯だ。

ただ、六年二組は苅屋修子という生徒が、つまりは女子生徒が最大の発言権を持っていたこともあってか、いわゆる魔女狩りじみた大っぴらな吊るし上げが起こったりはしなかった。これはおれの推測だけれど、もしも苅屋が男だったら疑わしきは罰せよの感覚で、何らかの物理的な衝突が発生していただろう。

さすがにそのほうがわかりやすくてよかったとまでは言わないものの、女子が中心となっているクラスだからこその陰湿さというようなものは、やはりある。具体的な内容を挙げれば、比較的仲の良いグループのメンバー同士ですら、なんとかちゃんは信頼できる、でもなんとかちゃんはちょっと怪しいみたいな友情の格付けというか線引きが、六年二組のそこかしこでひっそりと進行し始めたようだ。

もちろん、そんなものは常日頃から存在するものとは思うけれど、先のアンケートがそれを異常に加速させたというのは、間違いないだろう。

そしてこうなると、誰もがどうにも居心地の悪さを感じるらしく、六年二組の教室内の雰囲気は日ごとに悪化し、濁っていくように、おれの目には見えた。

正直。

こんなことを自分で言うのは、なんだけれど。

今までは、おれこと佐倉ハルという存在が、かつてのどうしようもない問題児が、その問題児に関する血なまぐさい記憶と映像が、非友好的な態度を貫く鳴沢イリスへの弾圧をある意味で防いでいた部分は、少なからずあったはずだ。

でも、もうダメだった。

鳴沢が転校してきたほとんど直後から堰《せ》き止められ続けていた悪意は、いつしか限界を迎えてゆっくりと漏れ始め、やがて勢いを増して奔流となっていく。それを再び押しとどめることなんてできやしないのだ。そのことを、このクラスの誰よりもおれはよく知っている。

悪意は共有すれば、快楽になる。

仲間はずれは、それ以外の者達との友情の深め合いだ。

壊れかけたのならば、繋げればいい。

簡単なことだ。

誰かを共通の敵と見なして、その認識を絆にすればいい。

そしてもちろん、そんなわかりやすいストレスの捌け口として、鳴沢イリス以上の適任者は、どこにもいなかった。


悪意が鳴沢に押し寄せたのは、体育の授業でのことだった。

体育館で男女混合のドッジボールをしているとき、岡崎先生が緊急の用事で校内放送で呼ばれ、その場を離れた。

そのとき、鳴沢のチームは彼女を含めて五、六人の生徒がコートの中に残っていたのだけれど、鳴沢と同じチームの外野にいたおれは、その光景を前に本能的な危機感を覚えた。

そしておれのその嫌な予感は、息つく暇もなく現実のものとなった。

岡崎先生が視界から消えた直後に、鳴沢とは別のチームとしてコートの中に残っていた苅屋が、水を得た魚のように次々と相手チームにボールを当て始めたのだ。

それも明らかに意識して、鳴沢以外のメンバーから。

結果、瞬く間にコートの中には鳴沢だけが残った。

広いコートの中に、小さな女子がたった一人だけ。

その光景だけでも、なかなかに痛ましいものがある。実際、クラスメイト――特に苅屋と親しい者の顔には、男女問わず嘲笑が浮かび上がっていた。

そうして鳴沢だけをコートに残したあと、相手チームの人間達は今度は外野を使ってパス回しを始めた。それも、鳴沢がギリギリ当たることのないような球筋で。そこにあるのはもはやスポーツなどではなく、コートの中の鳴沢という動く的に恐怖と羞恥を与えつつもボールを当ててはいけないという、ドッジボールだったものの残骸だった。

ただ、もちろんそうなると鳴沢は自分からボールに当たろうとする。でも、外野はそんなところにボールを投げてくれない。

かといって逆に全く動かなくなれば、今度は挑発するかのような鋭いボールを彼女の身体をかすめるように投げてくる。打ち合わせなどしていないはずなのに。悪意の輪に参加している誰もが、驚くような以心伝心で揃ってそうする。籠《かご》の中にいる無抵抗な動物をいたずらに翻弄するかのように、苅屋達は実に愉快そうにボールを回していく。

もちろん、そんな光景を前に楽しんでいる者だけではなかった。少なからず、このままではいけないと正義感を発揮しようとしている者だっていた。

「苅屋さん、もうやめなって！」

突然、クラスメイトの一人が声を上げた。三好だった。

三好は苅屋と同じチームの内野にいたにもかかわらず、苅屋と鳴沢の間に身体ごと割って入るように立ちふさがった。

勇敢だった。それこそ、目眩《めまい》がするほどに。

けれど。

「はあ？　なにムキになってんのさ。こんなの、ちょっとしたお遊びじゃん」

……なあ、三好。

おまえだって、もう嫌というほど知っているはずだろ？――そんな正義感だけでは、悪意の流れを止めることなんてできはしない。

それどころか、不用意に流れを止めてしまえば、その反動でより大きな衝撃が後になってくることだってあるんだ。

「お遊びでも、よくないよ」

小さな身体で両手を大きく広げ、三好は苅屋の前で壁となる。

「うざったいなあ。なんなの、マジで？」

対して苅屋は、三好に対する苛立ちをほんのわずかも隠さず、

「三好ってホント読めないよね、空気」

「いいよ、そんなもの読めなくても。というかこんな空気、読みたくないから」

三好は引き下がらない。苅屋の敵意と悪意を真正面から受け止めてなお、ほんの少しも怯まない。

そんな三好の態度が、苅屋を動かしたわけでもないのだろうけれど、

「……あーあ、なんかもう、しらけちゃった」

苅屋は急に薄ら笑いを浮かべるとそう口にして、ボールを何度か地面につく。

「わかったって。ちゃんと次で当てて終わりにするから。ほら、そこどきなって」

促すように言う。対して三好は半信半疑だろうけれど、そんなふうに言われては動かざるを得ない。三好は厳《いか》めしい顔つきをそのままに、その場からゆっくりと横へずれる。

それを受けて、苅屋は前へと進んでセンターラインの直前に立つと、コートの中央で二人のやり取りをただ呆然と見つめていた鳴沢に目を向けて、

「じゃあ、当てまーす!」

嬉々とした様子で誰にともなくそう言って、振りかぶる。

そして宣言通りに、ボールを投げつけた。

当然のように、渾身の力で。

おそらくは、その顔面を目がけて。

だが、苅屋が放ったボールは、彼女が意図したように鳴沢に当たることはなかった。苅屋の手から離れたボールは、そのすぐ傍らからボールの射線を遮るように咄嗟に飛び出した人間の——三好の側頭部を見事に直撃したから。

およそ一メートル、いや下手すれば五十センチもない至近距離から、空気のしっかりと詰まったゴムボールによる直撃を受けた三好は、見ているほうの血の気が引くような倒れ方をした。受身の一切も取らないで、いや取れないで、体育館の床に身体をなぎ倒されるような、それは気味の悪い倒れ方だった。

そんな光景を目にしておれは、気づいたときにはクラスメイト達を押しのけるようにして三好へと駆け寄っていた。

静観していようと思っていたのに。あのときと同じようなことになっては絶対にいけないと、ひたすらに自分を律していたはずだったのに。

膝をついて、三好の状態を確認する。すると三好は「うう」と短く呻《うめ》いてから、

「なんか、耳がキーンってする……」

さすがに気を失ってはいなかったものの、三好はボールをぶつけられた左耳を押さえたままその場にべったりと座り込み、どこか焦点の定まらない瞳でおれを見る。

「なんだろう、音が聞こえにくい」

その返答に、おれは総毛立つほどの恐怖を覚える。ダメだ。そんな、こいつに何かしらの障害が残ることなど、絶対にあってはいけない。

「大丈夫だよ、ハルくん。ちゃんと一人で、立てるから」

肩を貸そうとしたところ、三好はそう返してから、ふらつきながらも言葉通りに自力で立ち上がった。

そんな三好の、すぐ後ろで。

まるで幽霊でも見たかのように表情を硬く強ばらせ、身構えるように両手の拳を胸の前で握りしめていた鳴沢に視線を送って、おれは彼女に伝える。

〈おまえもこい〉

思えば、それは彼女への三ヶ月ぶりの言葉だった。

〈う、うん……〉

おれに促され、鳴沢はようやく正気に戻ったようだった。

「ご、ごめんね、みよし！　わたしの、わたしのせいで……」

言われた三好は、痛みを抱えながらであるはずなのに笑って、

「ううん、大丈夫だよ、イリスちゃん。ちょっと、ボールが耳に当たっただけだから」

おれは二人のそんな言葉を拾いながら、その場にいたクラスメイト全員に目を向けるように、ぐるりと首を回した。

そうすると、皆がみな、おれの視線から逃れるように目を逸らす。

その我関せずの彼らの態度に、悪い意味で感情が昂る。けれど、だからといって彼らを責めることなどおれはしないし、そもそもできない。おれだって、本質的には彼らと同じようなものだから。

冷静を求めるようにひとつ大きく呼吸をしてから、振り返る。

莉屋修子の青ざめた顔が、そこにあった。それはもはやクラスのリーダーなどではなく、意図しなかった状況の深刻化に怯える、ただの愚かな女の子でしかなかった。

でも。

その事実を理解してなお、おれは耐えきれなかった。

呆然と立ち尽くす莉屋を前に、おれは自分の感情の昂りを抑えるためだけに、憎しみというジャムをべったりと指先に絡めたうえで、

「莉屋、おまえは悪くないよ」

そんな言葉を丁寧に紡いで、薄ら笑いと共に彼女へと突きつけた。

直後、

「……なによ、それ」

苅屋はみるみるうちに真っ赤になり、その整った顔をくしゃりと醜く歪ませた。それを追うように吊り目がちな目元から涙を流すと、

「なによそれ！」

絶叫するように、おれに告げた。

「殴りなよ！　殴ればいいじゃん！　私のことだって！」

続けるように、もうひと叫びする。

「秀太《しゅうた》のときみたいに、気が済むまで殴ればいいじゃない！」

おれはその叫びに、可能な限り穏やかな――ともすれば慈しんでいると受け取られるような視線だけを残して、三好と鳴沢を追うように体育館を後にした。

もちろん、優しさからではない。

そのほうが彼女のことを、より強く苦しめられると知っていたから。

保健室に運ばれたあと、三好はすぐに病院へ向かうことになった。

当事者である苅屋と鳴沢、それにおれを含めた三人は岡崎先生によって個別に呼び出され、最後がおれだった。

少しだけ悩んだけれど、おれはボール回しに参加したクラスメイトの名前を事細かに伝えるような真似はしなかった。そんなことをしたところで、鳴沢に対する風当たりがいっそう強くなるだけだろう。それに、莉屋に便乗する形で鳴沢に迫害を加えていた連中は、おそらく今回の一件でだいぶ大人しくなるはずだし。

「一瞬でも目を離すべきではなかったな。すまない、迂闊《うかつ》だったよ」

言いながら、元からセットも何もしてないような乱雑な髪をさらに乱すように、岡崎先生は軽く頭をかいた。

生徒指導室には、おれと岡崎先生の二人きり。

おれが説明すべきことを全て並べ終えたあと、岡崎先生は腕組みをした状態で渋い顔をしながら細く長く息を吐いた。

「俺は今から三好の様子を見に病院まで行くつもりだけど、よかったら佐倉も一緒に来るか？」

提案され、おれは少しだけ考えるも首を横に振った。

三好のことが心配じゃないわけではなかったけれど、今回の件に関して当事者とは言いがたいおれが病院までついていくのもどうにもおかしな話だ。三好にはメールもできる。今夜にでもそれで本人から容態を聞けばいいことだ。

生徒指導室を出て岡崎先生と別れ、バッグを取りに六年二組の教室に戻る。

放課後になってからずいぶんと時間が経っているから、もう誰もいないだろうと思っていたら、橙色の西日が差し込む教室に、鳴沢イリスの姿があった。

どこか虚ろな表情のまま机の上に腰かけていた彼女は、おれの姿を見るなり、いかにも何か言いたそうな顔をする。

しかし、そのまま三十秒ほど黙って待てども何の変化もなかったので、おれは自分の席にかけていたバッグを手にして教室から出ようとしたのだが。

〈ハル〉

いままさに教室を出ようというその直前に、鳴沢はおれへと近づいてくると、こちらの腕を軽く引くようにして、

〈今日は迷惑かけて、ごめんなさい〉

そんな、らしくもない殊勝なことを言った。考えてみれば、今のは三ヶ月ぶりに鳴沢からかけられた声だ。それが謝罪という形になってしまったことを、なんだか少し残念なように感じてしまうのは何故だろう。自分の感情だというのによくわからない。自分の感情だからこそ、よくわからないのかもしれないけれど。

鳴沢の謝罪に対してなんと返したらいいかわからず、とりあえず今から先生が病院に行

くらしいことを伝える。しかし、そう言葉にしてから、これではまるで謝ってこいと暗に押しつけているようで良くないなと思ったのだけれど、

〈大丈夫。今日の夜、ちゃんとみよしの家に謝りに行くから〉

どうやら、そんなふうに促さずとも鳴沢はそのつもりだったようだ。

〈わたしのせいで、怪我、させちゃったから……〉

自分に言い聞かせるように、鳴沢は呟く。

確かに三好は怪我をした。しかし、鳴沢をかばったのは三好の意志だし、怪我をしたこと自体をあいつがどうこう言ったりはきっと——いや、絶対にしないだろう。

鳴沢が口を閉ざすと、沈黙だけが静かに流れる。

グラウンドで遊んでいる生徒がいるのか、その賑やかな声が夕暮れの教室に反響しては壁に吸い込まれるように消えていく。

目の前では、鳴沢が表情を曇らせて長い睫毛《まつげ》を伏せるように視線を下げている。

鳴沢とはこれでも喧嘩中のつもりだし、さっさと帰ってしまいたかったが、まだ何か言いたいことがありそうだとそのままましばし待っていると、

〈あのね、ハル〉

案の定、彼女は意を決したようにおれに目を向けて、

〈シュウタって、誰のこと?〉

その。

できればあまり耳にしたくない存在のことを、正面から尋ねてきた。

頭の中に、無視して帰ってしまえよという声も浮かんできたけれど、その囁《ささや》きに素直に従うことはしなかった。

何故、鳴沢はそんなことを知りたいのだろうか。

背負いかけていたバッグを、手近にあったクラスメイトの誰かの机の上に下ろしてから、おれは訊く。一方、尋ねられた鳴沢は、ためらうようにまた視線を床へと落とし、しかしすぐにそれを上げて、

〈いま訊いておかないと、一生、訊けないかもしれないから〉

そんな、どうにも大げさな返事をよこしてきた。

その言葉を前に、おれは少しだけ考える。

鳴沢におれのことを教える義理は、どこにも見当たらない。けれど同時に、訊かれたことをあえて答えない理由も、残念ながらどこにもなかった。

面白い話などではない。

面白いどころか、ひどく不快ですらあるだろう。

言い訳をするように、そう伝える。しかし鳴沢はそれでも構わないとばかりに、揺らぎのない眼差しとともにひとつ頷いた。

そんな鳴沢の姿を前におれは、心の中を軽く整理するように少しの時間を置いてから、話の切り出し方を考える。

秀太っていうのは、このクラスがまだ五年二組だった頃にいたやつの名前だ。

その名前を意識するだけで、彼の顔が——杉村《すぎむら》秀太の顔が、脳裏に鮮明に蘇るのだから恐ろしいな。とても、本当にとても、嫌な気分になる。

というのも、だ。

そうして記憶の底から浮かび上がる杉村の顔というのは、いつだって、どうやっても拭い去ることのできない、赤黒い血にまみれているのだから。

杉村秀太。

六年二組がまだ五年二組だった頃にいた、クラスメイトだ。

勉強はあまり得意ではないけれど、運動神経は良く、背が高く、お調子者で、性格も基本的には社交的。笑うと少しだけ見える八重歯が女子にはたまらないらしいそんな彼が、クラスの中心人物となるのは極々当然のことで、かつては五年二組のリーダーは誰かと問われたら、誰だって苅屋修子の名前ではなく彼の名を口にしただろう。杉村秀太とは、そういう存在だった。

そしておれ、佐倉ハルはそんな彼から迫害を受けていた。

いじめというわかりやすい言葉を使ってもいいかもしれないけれど、おれはあの仕打ちはおれ個人に対するいじめというよりは、広く迫害と呼ばれるものであったと認識している。

その迫害が始まった理由は、おれにはいまひとつよくわからない。

おれは毎日、おれなりに色々と気を遣って静かに学校生活を送っていたつもりだったけれど、彼にはどうやらそれが気に食わなかったらしい。あまり正確には覚えていないけれど、春先にクラス替えがあって、ゴールデンウィークが明けるくらいにはもう彼のおれに対する攻撃性は強まっていたように思える。

迫害の方法は、それこそ様々だった。

悪口や陰口などの誹謗《ひぼう》中傷、持ち物を奪う盗む壊すなんてのは日常茶飯事で、冗談と称しての過激な暴力も事あるごとに行われた。殴る蹴るなどの基本的なこともあれば、プールで気を失う寸前まで水に頭を押しつけられたりしたこともあった。そうやって具体例を挙げればそれこそ枚挙に遑《いとま》がないけれど、強いて一番の思い出を挙げるとするなら、掃除用具入れに三時間くらい閉じ込められたのが一番きつかった。おかげでおれは、今でも狭いところが少しだけ苦手だ。

先ほど彼のことを勉強はあまり得意ではないと評したけれど、頭は悪くなかった。苅屋修子もそうだが、ある程度人をまとめることのできるやつに頭の悪い人間というのはあまりいないとおれは思う。そして彼は、その頭の良さを間違った方向に発揮していたんだ。

もちろん、その日々はおれにとってはあまりに辛かった。

でも、だからといって先生や両親に簡単に相談できるものでもない。それはどうしてだと訊かれたのなら、きっとこう答えるしかないのだろう。

プライドがあったから。

この程度の試練、自分の手で撥《は》ね除《の》けなければならないと。

こんなあまりにくだらない理不尽に弱音を吐いているようでは、宇宙なんて遠い場所に辿り着くことは絶対にできないと、無理矢理に言い聞かせていたのかもしれない。ひょっとするとそれは、あまり褒められた考え方ではなかったのかもしれない。でもそんなふうに考えていたからこそ、まだ我慢ができた。

ぎりぎりだったかもしれないけれど、それでもなんとかなったんだ。

少なくとも、自分のことは。

しかし、だ。

〈杉村はそのうちに、三好に手を出すようになった〉

理由は、至極簡単だ。

そうすると、おれが面白いくらいに反応するから。

もうすでに電池が切れかけていたはずのおもちゃが、まるで新品みたいに瑞々しい期待通りの反応をすることを知ってしまったから。

そのことに気づいた杉村秀太は、途中から攻撃の標的を三好へと切り替えた。

迫害の渦中にあっても、自らを顧《かえり》みずおれのことを気にかけてくれていた唯一の支えに、あいつは何度も手を伸ばした。

そしておれは、それにどうしても耐えることができなかった。

――だから。

〈だから、復讐をした〉

もし仮に、悪意というものに質量があるのならば、おれが杉村秀太に浴びせた悪意の大きさは、彼のものとはまるで比べ物にならなかっただろう。

今まで内心に溜め続けていた巨大な悪意を、ほんの一滴たりとも残さずおれは放出させた。

複雑なことなんて、ひとつもない。

冗談交じりとはいえ、クラスメイトの前で三好の服を脱がそうとした杉村秀太の頭を窓ガラスに叩きつけ、飛び散った粉々のガラスの上に彼の身体を押しつけ、その後は馬乗りになって渾身の力で殴り続けた。それだけだ。

殴った。

とにかく、ひたすら殴り続けたんだ。

窓ガラスで額を大きく切り、水道のように鼻から血を流し続けようとも構わず、彼が意識を失うまで、失ったあともなお、拳の骨が折れそうなくらいに痛んでも。杉村秀太が本能のままに悪意を振るうことをやめられなかったのと同じように、おれもまた自分の中にある倫理を捨てて悪意に身を任せた。

握りしめた拳を血まみれにしながら、溢れるような暴力を吐き出し続けるおれの姿は、同級生達の目にはさぞかし鮮烈だったはずだ。鼻血や額からの出血が主だったとはいえ、あの瞬間の教室は確かに赤かった。おかげでクラスメイトの中には、今でもおれと正面切って目を合わせようとはしないやつもいる。

正直、考えるまでもなくあれは傷害事件になってどこぞの施設に送られてもいいほどの出来事だったように思える。

ただそれでも、警察沙汰などにはならなかった。

おれは自分が迫害を受けていることの確固たる証拠をそれなりに持っていたし、三好を始めとする何人かの正義感の強いやつらが、おれに有利になる証言をしてくれた。担任の岡崎先生が、少なからずおれ寄りの立場にいてくれたことも大きかっただろう。

結果、その事件の翌日から杉村は学校に来なくなった。

二度と来なかった。

秋が深まり冬が顔を覗かせる頃には出席簿から名前も消えた。風の噂で、ここからずいぶんと離れた場所でそれなりに元気にやっているとは聞いたけれど、どうでもいいことだった。本当にどうでもよかった。おれの視界から、彼が消えてさえくれるなら。

そこで話を一区切りさせると、ここまで相槌すらほとんど打たずに話を聞いていた鳴沢が、どこか思い詰めたような表情で、

〈……そんなの、ハル、悪くない〉

癖なのか、スカートの裾を強く握るようにしながら言った。

〈ハル、ちっとも悪くない！〉

その言葉におれは、首を横に振るだけで返事とする。誰が悪いとか悪くないとかはもう、どうだっていいことだ。それに、本当に大変だったのはそれからだ。

商店街に、悪い噂が流れた。

まあ、悪い噂という言い方は、少しずるいかもしれない。

さくらクリーニングの一人息子が、クラスメイトに暴力を振るって怪我をさせたうえ、あろうことか転校にまで追い込んだというその噂は、少しの言い訳のしようもなく事実だったのだから。

そして客商売というのは、ほんのささいなことで客が離れるものだ。長年の常連客ですら、恐ろしいくらい簡単に。

その噂があすなろ商店街を中心に広まってから、さくらクリーニングに来る客の数は激減した。それこそ、店を続けていくことが難しいほど。一時期は本当に、閉店するかしないかの瀬戸際にまで追い込まれた。

〈もしかして〉

そんなおれの説明に鳴沢は目を見開き、形の良い唇を震わせる。

〈ハルが、ハルのパパとママと仲悪いのって、そのせいなの？〉

仲が悪いってのともまた、違うと思うが。それに父さんとは、そうでもないし。

でもまあ、母さんとはその暴力事件以後、お互いに距離の取り方がまるでわからなくなってしまったのは、確かに鳴沢の言う通りだ。

けれどそれも、考えてみれば無理もない話なのだ。

だって母さんは、おれと同じようにあの商店街で生まれ、おれの何倍もの年月をそこで過ごしてきたのだから。

もちろん母さんも、さすがに面と向かっておれを責めることはしなかったさ。

でもあの時期、嘘のように引いてしまった客足や、例年の十分の一にも満たない売上を前にして、おれに対して思うところが何もなかったわけもないだろう。

もう少し、賢い解決方法があったのではないか。

いくらなんでも、やりすぎだったんじゃないか。

おれは未だに母さんの顔を見るたびに、何か分厚いフィルターでも挟んでいるかのような曖昧な表情を向けられるたびに、そんな言葉があの人の喉元に引っかかっているように思えて、仕方がないんだ。

母親は何よりも子を案じる。

それは嘘ではないと思う。でも親だって人間だ。自分の子どものやったことだからと、何でも無条件で許して、受け止めて、頷けるわけでもないだろう。

〈でも〉

鳴沢はまるで物語の先を、ハッピーエンドをせがむ小さな子どものように、わずかに身を近づけるようにしながら、尋ねる。

〈今はお客さん、ちゃんと来てるんだよね？〉

そう、今はお客さんはそれなりに来てくれている。かつてとまるで変わらないと言えば嘘になるけれど、それでも一時期に比べればずいぶんと良くなった。

でもそれはみよしの人達が色々としてくれたおかげなのだ。それこそ三好だけではなく、みよしに携わる全ての人達が。

みよしの人達は、自分達の店に来る大勢のお客さんに事情を説明してくれたらしい。しかもそれだけにとどまらず、商店街にある百軒近い店を訪れて、いま流れている噂の内容の多くが誤解というほどではないが、訳あってのことであると告げて回ったそうだ。佐倉ハルがクラスメイトに暴力を振るったのは、うちの子どもがいたずらされているのを助けようとしてくれたからだと。それこそ、恥も外聞もなく。

そうしたみよしの人達の力添えもあって、さくらクリーニングは閉店の危機を免《まぬか》れて今に至るというわけだ。もちろん全てが全て、元通りというわけではないが。おれと母さんの関係なんかは、まさにそうだ。

〈ちなみに苅屋は、杉村とは幼稚園からの付き合いだったらしい。ひょっとしたらあいつのこと好きだったのかもな〉

あまりにも重苦しい話の最後に、そんなくだらない言葉を置いてみる。

少しくらいは笑ってくれるかと思ったけれど、ダメだった。

気づけば、鳴沢は泣いていた。

悲しそうなというよりは、浮かんでくる怒りを堪えるかのような唇を引き結んだ表情のまま、その青い瞳から落ちる涙を少しも払おうともせず。別に泣けるような話などではなかったと思うのだけれど。

そのままの状態で、どのくらいの時間が経っただろう。

窓から差し込む西日がより眩しくなり、教室全体を朱に染め上げる頃に、

〈理不尽だよ〉

鳴沢は、そう告げる。

彼女らしからぬ、とても大人びた声音で。

その表情の端々に怒りの色を滲ませたまま、さらにこうも告げる。

〈神様はどうして、こんなにも理不尽なことばっかりするの？〉

……ああ。

そうだな、本当に。

それは本当に、おれもそう思うよ、鳴沢。

翌日。

その日、事件の当事者である、三好、苅屋、鳴沢の三人のうち、学校に来たのは三好だけだった。三好は登校するなり数人のクラスメイトから耳の状態について質問を受けていたけれど、いつもの人好きのする笑顔を返していた。

その最中、クラスメイトによる人垣越しに目が合う。挨拶代わりにおれが頬杖をついたまま眉を大げさに上下させると、三好のほうは何故か口を横に広げて「いーっ!」という妙な顔をしてきた。なんでそんな顔をされなければいけないのかと考えてみるも、思い当たることはなかった。

おれは昨日のうちに、三好本人からメールで怪我の具合を聞いていた。

一時的な難聴こそあったものの、幸運にも鼓膜に穴が開いたりはしていなかったようで、大事にはいたらなかったらしい。そう知らされ、おれは自然と胸を撫で下ろした。

「無事で何より」

「もう少しくらい、愛想のあること言ってよ。文字通り、想いに愛が足りないよ」

ちなみに実際は、この文面の上にやたら複雑で表情豊かな顔文字が三個くらいついていたのだが、そこは割愛してもいいだろう。

「明日は学校にくるのか？」

「いくよ。別になんともないし。ハルくん、ぼくがいないと寂しいでしょう？」

「また明日」

もしや今しがたの奇妙な表情は、昨夜のこのやり取りのせいだろうか。とはいえ、やはりおれに過失があるようには思えないけれど……。

事件の翌日にもかかわらずその日は特に何事もなかったが、さらにその翌日、苅屋が教室に現れたときは、さすがに教室の空気にはぴりりとしたものがあった。

苅屋は登校するなり自分の席に座って、仏頂面を浮かべてじっとしていた。

いつもは彼女が登校すれば、誰かしらが彼女の近くに寄ってくるというのに。しかし今は皆が皆、遠巻きに様子を窺うだけで、積極的に声をかけようとする者は誰一人としていない。なんとも薄情なことだとは思うけれど、誰だって問題児と仲良くなんてなりたくないだろう。

それこそ、同じような問題児以外は。

まるで苅屋だけが鳴沢をいじめていたみたいな空気だなと、隣の席から少なからず慰めのつもりでおれがそう書いたメモを渡すと、苅屋は面食らったように目を瞠った。気に障る内容だったかなと首を傾げたけれど、どうやらそうでもないらしい。

「あんたから話しかけてくんの、初めてね」

そうだっただろうか？　まあでも、そうかもしれない。そもそも、事務的な内容以外でクラスメイトに言葉をかけることなんて、まずないからな。問題児のよしみで、多少は仲良くするのも悪くないかもしれない。

冗談交じりにそう返すと、苅屋はじっとこちらを見つめてから、

「あんたと仲良くするくらいなら、ひとりぼっちのほうが百倍マシ」

そんななんともつれないことを口にしながらも、ほんのかすかにだけどその表情を緩めたように見えなくもなかった。

さらに翌日になり、事件から三日が経とうとも、鳴沢は教室に現れなかった。

クラスメイトの誰かがそのことについて岡崎先生に尋ねたが、ちょっと風邪を引いているらしいと言葉を濁すだけで、それは絶対に嘘だった。

三日が一週間になり、一週間が二週間になり、それでも鳴沢は姿を現さない。

教室では不登校になってしまったのではという噂も流れ始めている。まあ、噂も何も登校してこないのだから不登校には変わりないのだが。

「ぼく、何かまずいこと言っちゃったかなあ？」

ある日の放課後の帰り道、三好はいつかのようにおれの背を追いかけてきて、暗い表情とともに大した前置きもなくそう切り出してきた。こいつは何か悩みがあると、おれと帰り道をともにするという習性でもあるのだろうか。

「最後にイリスちゃんに会ったのって、たぶん、ぼくだろうし」

莉屋にボールをぶつけられたあの日、鳴沢はおまえの家に謝りに来たんだったか。

そのときの鳴沢の様子を尋ねれば、三好は眉尻を下げて、

「ご両親ともども、こっちが恐縮するくらい謝ってたよ。ぼくは全然大丈夫だし、好きでやったことだから、何も気にしないでってちゃんと伝えたつもりなんだけどなあ……」

そうだな。

三好に対する罪の意識で学校に来られないということは、さすがにあまりないように、おれにも思える。

瞬く間にそれからさらに一週間が経った。

九月も終わりに差し掛かると、吹く風は時に涼しさを通り越して冷たさを感じるほどだ。最高気温は二十度に届かず、最低気温は十度を下回る日も出てきた。

そんな、秋の存在を忘れたように日ごと色濃くなる冬の気配と入れ替わるみたいに、い

よいよ教室から鳴沢イリスというクラスメイトの記憶が薄れ始めていた頃の終礼にて、

「みんなにひとつ、お知らせしなければならないことがあります」

岡崎先生は、いかにも残念な報告があるとばかりにそう切り出すと、生徒の注目が自分に向いたのを確認してから、重苦しい口ぶりで告げた。

「いま学校を休んでいる鳴沢ですが」

その名前を岡崎先生が口にすることには、嫌な予感しかせず、

「来月、アメリカに戻ることになったそうです」

当然のように、その予感はこうも簡単に的中するのだ。

瞬間、驚きに——あるいは、怒りにも似た感情に顔が固まるおれの横で、苅屋が勢い良く椅子から立ち上がる。彼女もおれと同じように、その表情の上に驚愕の二文字を貼りつけて。

「私のせいですか?」

苅屋の言葉は、これ以上ないほどにストレートだった。それに対して岡崎先生は、緩やかにかぶりを振って、

「いいや、苅屋のせいなどではないよ。鳴沢が向こうに引っ越すのは、お父さんの仕事の都合だからな。……嘘じゃないぞ?」

それを耳にしてもなお、苅屋は安堵した顔を見せるということはなく、驚愕と呆然をそのままに自分の席に腰を下ろすだけ。

岡崎先生の言っていることは、たぶん本当だろう。

けれど、今の苅屋には額面通りに受け取ることはできないはずだ。ひょっとすると自分を責めることもあるかもしれない。だとしたら実は彼女は、意外に優しい人間なのかもしれないな。少なくとも、今もなお心の中で杉村秀太という存在に対して何ら罪悪感を抱いていない、おれとは違って。

終礼の後、教室がいつにもまして騒然とする中、おれは努めていつもと変わらない態度で席を立ったのだが、教室を出たところで誰かがおれのパーカーの裾を後ろから掴んできた。

どこか懐かしさすら覚えるその感覚に驚き振り返るも、そこにいたのは当然ながら思わず目を引く金髪の彼女ではなく、

「ちょっと！　ハルくん！」

予想通り、三好だった。

「なんで普通に帰ろうとしてるの！」

三好は眉尻をきりきりと吊り上げ、ものすごい剣幕で迫ってくる。学校では話しかける

なという約束はどうしたんだという言葉が喉元まで出てきたけれど、さすがにそれをここで指摘するほどおれだって空気が読めなくはない。

おれのパーカーの裾を摑んだ姿勢のまま、三好はどこか諭すような様子で、

「ねえ、ハルくん。今日イリスちゃんの家に、一緒に行こう?」

行ってどうする? 話すことなんて、何もない。

「顔見るだけでも。このままお別れなんて、悲しすぎるじゃない」

「おれは別にそこまであいつと親しくない」

可能な限り、平静に伝えたつもりだったのだが、

「……なんで、そういうつまんない嘘をつくのかな?」

しかしどうやら三好の鳶色《とびいろ》の瞳は、まるでコーヒーのフィルターのように、おれの言葉の中から不純物だけを丁寧に濾《こ》して取り除いてしまうらしい。

「本当はぼくなんかよりずっと悲しいくせに、なんでそうやって、嘘つくの」

と言い切って、三好は振り払うようにおれのパーカーから手を離す。

「もういいよ、ぼく一人で行くから」

そう告げて、おれの横を早足で通り過ぎていく。おれはその場で思わず立ち尽くすけれど、三好は一度たりともこちらを見返そうとはしなかった。

その背中を今すぐに追いかけるべきだと、心の中で誰かが呟く。

けれどおれは、まるで上履きの底のゴムと床のリノリウムが溶けてくっついてしまったみたいに、その場を少しも動くことができなかった。

正直なところ、いくらかの予感はあったんだ。

鳴沢がおれに杉村秀太のことを訊いたあの日——いま訊いておかないと一生訊けないかもしれないからだなんて大げさな表現をしたときから、そうなんじゃないかなという予感は少なからずあった。

午後八時、おれは自室のベッドに仰向けになり、天井を見つめている。

鳴沢のことだけを、今は考えている。

これは強がりなどではなく、鳴沢イリスと佐倉ハルは別に仲良しこよしなどでは全然なかった。メアリー紛失事件以降から、彼女はおれに積極的に近づいてはきたけれど、それは本当に一方的なもので、彼女もそれ以上のことは求めていなかった。

しかし、そうか。

彼女はアメリカに引っ越すのか。

遠いな。

アメリカは、本当に遠い。

ベッドからむくりと起き上がり、おれは机の前の椅子に座る。

おれの机の上には、安っぽい水色の地球儀が置いてある。それを軽く回してから、表面に指先を滑らせる。おれの指先は地球を簡単に三周ほどしたあと、狙い通りに北アメリカ大陸の上で綺麗に止まった。

鳴沢は、この大きな大きな大陸のどこへ引っ越すのだろう？　やっぱり、またワシントンに戻るのだろうか。もしあいつが、本気で宇宙飛行士を目指すのならば、そこは日本なんかよりもずっと良い環境だろう。

鳴沢は、最初から日本にいる期間は短いと知っていた。

だから、クラスメイトと積極的に仲良くしようとしなかった。

親しくなったところですぐにリセットされてしまうような人間関係なら、最初から構築しようとしないほうがいくらか楽だろう。その気持ちはわからないでもない。

でも、なんだろう。

そのことを考えると、不思議なくらいにいらいらする。なんだかものすごく腹立たしい。

鳴沢にとって、おれはその程度の存在だったのか。

一方的になついて、自由気儘に絡んできて。

おれの心の底でまだ生乾きになっている傷跡に、素手で触ってきたりもして。

そうやって人のことを散々乱しておきながら、今度は何も言わずにいなくなろうというのか。

それのなんて、自分勝手なことか。

……抑えきれない。

そんなふうに考えたら、もうじっとしていられなかった。

時計を見ると、時刻は午後八時半を過ぎようとしている。多少、非常識な時間かもしれないけれど、関係ない。

だってそうだ。

そんなものはもう、お互いさまだ。

椅子から立ち上がり、もう少ししたら厚手のコートに出番を奪われる着古したいつものパーカーを片手に、部屋から出る。

両親に伝える間も惜しいと玄関から飛び出そうとしたところで、彼女の家の住所を、正確にはマンションの部屋番号を知らないことに気づいて、おれはすぐに三好に向けてメールを打った。

鳴沢の住む朝見グランドタワーまでは、自転車を飛ばせば十五分もかからなかった。

駅の程近くにある高級住宅街の一角、まだどこもかしこも真新しい、それでいて見上げるほどに背の高いマンションの十四階に、彼女は住んでいるらしい。

高級マンションだけあって、当然のようにそのエントランスではオートロックがおれを待ち構えていた。

インターフォンには、鳴沢のお母さんが出た。

鳴沢のお母さんは、突如現れたおれの存在に、その対応にかなり戸惑っているようだったけれど、それでもすぐに理解してくれて扉を開けてくれた。

呆れるほどに立派なエレベーターに乗り込んで、そのまま十四階まで。

鳴沢と記されたアルミプレートのかかったドアは、エレベーターを出て通路を右に折れるとすぐに見つかった。

深呼吸をひとつしてから呼び鈴を押すと、間もなくドアは開いた。

そこでおれのことを待っていたのは、鳴沢本人——ではなく、鳴沢と同じ砂金のような髪色をした彼女のお母さんと、以前も会った背の高いお父さんだった。まさか、ここでご両親から直々に門前払いを食らうのだろうかとわずかに身構えたのだが、

「ごめんなさいね、ハルくん。あの子いま、お風呂に入っているの」

優しげな笑みを浮かべつつ、鳴沢のお母さんは日本語で言う。鳴沢のお母さんは鳴沢とは違いハーフではないはずだが、外国人らしい彫りの深さはそこまで目立たない、外国人慣れしていないおれにも親しみやすい顔つきの、とても綺麗な人だった。むしろ、比較してみれば鳴沢のお父さんのほうがくっきりとした顔立ちをしているくらいだ。

「あの子のお部屋で待っていてくれる？」

本人不在の部屋で待たせてもらうのも申し訳がないと、おれは首を横に振ったのだが、

「いいのよ、イリスの大事なお友達なんだから気にしなくて。さあ、どうぞ」

繰り返すようにそう言われてしまっては断るわけにもいかず、おれは恐縮しながらも靴を脱いだ。

「ハル君がうちに来るのは、初めてだね」

背の高い鳴沢のお父さんはおれの肩に手を添え、おれの視線がそちらに向いたのを確認してからゆっくりと言った。

「きみのことはイリスから何度も聞いているよ。いつも仲良くしてくれてありがとう、色色と迷惑をかけてしまっているみたいで、すまないね」

一体、どんな誤解があるのだろう？　どう考えてもここ三ヶ月ほど、おれは鳴沢と仲良くなんてしていない。それに、別にそこまで迷惑らしい迷惑を感じた覚えも……ないと言

えばまあ、嘘になるか。

恐縮しつつも通されたのは鳴沢の部屋で、そこはいかにも女の子の部屋らしい空間だった。

何の統一感もないおれの部屋とはまるで異なり、カーテンやテーブルを始め目に痛くないパステルピンクで色合いが整えられている。枕元には大小様々なぬいぐるみがたくさんあって、鳴沢らしいといえばらしいが、やはりどうにも子どもっぽいなとおれは軽く笑う。うさぎのメアリーもそこにいた。久しぶりだなという気持ちを込めて頭を撫でたけれど、メアリーはおれにされるがままで、何も言わなかった。

壁には大きなコルクボードがかけられていて、そこには何枚もの写真がバランスよく、なおかつ無造作に飾られていた。それらの写真の中には、白人や黒人などの区別なく、様様な人種の子どもと共に写っている鳴沢の姿がたくさんあった。きっとアメリカの学校で撮ったものだろう。写真の中の鳴沢は、彼女らしい屈託のない笑顔ではしゃいでいるものばかりだ。

あまりじろじろと観察するのも失礼だろうと考えて視線を外そうとしたところ、コルクボードの中におれと三好の姿があることに気づいた。

それは五月の社会科見学のとき、学校が頼んだ業者のカメラマンが、生徒達を満遍なく撮影したものだ。

写真の中のおれはひとつの例外もなく、全て無愛想な顔をしている。しかし、なかにはどんな気まぐれでカメラマンが撮ったのかは知らないけれど、おれが一人、ベンチに腰をかけてぼんやりしている写真もあった。ほとんど隠し撮りじゃないか。画面の中に鳴沢が写っているわけでもないのに、わざわざこんなものを買うなよ。

ややあってから、お菓子を持って鳴沢のお母さんが部屋へとやってきた。

「ごめんね、時間かかっちゃって。あの子いま一生懸命髪を乾かしているみたいだから、もう少し待ってあげてね？」

お気遣いなくと軽く会釈しつつ、ふと気づく。

先ほどから、鳴沢のお母さんはおれに日本語で話しかけている。見た目は完全に外国人なのに、その口から流暢《りゆうちよう》な日本語が出てくるのでちょっと奇妙な感じだ。

そのことを尋ねると、鳴沢のお母さんは少し恥ずかしがるような表情を浮かべて、

「あ、ごめんなさい。わたしの日本語、わかりにくい？」

かぶりを振る。わかりにくいどころか、その発音は鳴沢が日本語を話すときとは異なり、ほとんどネイティブと変わらないと言っていいくらいだ。

「そう？　それならよかった」

言いながら、鳴沢のお母さんはにこりと微笑む。

「それで、そうそう、日本語ね。ハルくんの言う通りよ。この家ではね、アメリカにいた頃から家の中では日本語を使いましょうって決まりなの。向こうではどこでも英語を使うから、家の中でくらい日本語にしないと、上手に話せなくなっちゃうから」

なるほど、それもそうだな。

「そう言えば、ハルくんも英語はできるのよね。イリスがすごく驚いてたわよ、ぺらぺらなんだって」

ぺらぺらという表現は、だいぶ大きな誤りがあるように思えるが……それでも、あえてそれに突っ込みを入れるようなことはしなかった。

そんなとき、不意に。

「あのね、ハルくん」

鳴沢のお母さんは、真剣味を帯びた表情でおれの名前を呼ぶと、正座したまま、日本人でもそうそうしないだろう深々としたお辞儀をして、

「パパも言っていたけれど、いつもイリスと仲良くしてくれて本当にありがとう。あなたがいてくれて、本当によかったと思っているわ」

と、誠意のこもった言葉を投げかけてくる。

そんな鳴沢のお母さんのその姿を前に、いつかの鳴沢のあの発言が脳裏に蘇る。

——パパは仕事人間でね、ママはパパのメイドロボットなの。

——わたしのことなんて、いつもどうだっていいの。

あれは決して。

鳴沢が嘘をついたようなものではなかったはず。

けれど実際のところ、どうなのだろう。

あの言葉は、実は鳴沢イリスという分厚いレンズを通したための、あまりにも歪んだ事実の捉え方だったのではないだろうか？

その証拠に、鳴沢のお母さんは言い添えるように、

「また向こうに引っ越してしまうのはとても残念だけれど、できれば、あの子とはこれからも仲良くしてあげてね」

その柔らかな言葉を前に、いよいよおれはわからなくなってしまう。

なあ、鳴沢。

おまえにはちょっと、悪いけどさ。

おれの目には、目の前のこの人が、おまえの言うところのメイドロボットであるようには、とてもじゃないが見えないぞ？

その会話から、さらに十分ほど待たされたあとのこと。

視線の先にあった鳴沢の部屋のドアが少し開き、そこからようやく待ち人が顔を覗かせた。

〈……ハル？〉

鳴沢は、そこが自分の部屋であるにもかかわらずおそるおそるといった様子で、どこか恥じらうようにしながらおれの前に現れた。

風呂上がりということだし、てっきりパジャマ姿かと思ったら、鳴沢は小綺麗な私服を身にまとっていた。髪の毛も完璧に乾かしてある。いつだったかおれの家に泊まったときは、濡れ髪を堂々と披露してくれたというのに、どういう心境の変化なのだろうか。

しかしまあ、とりあえずの礼儀としておれは小さく頭を下げ、こんな時間にいきなり押しかけてしまったことを謝罪した。

すると鳴沢は、

〈別に、そんなのは全然、いいんだけど〉

唇を尖らすようにして、妙にぶっきらぼうな調子でそう言う。

鳴沢は枕元に置いてあったうさぎのメアリーを抱きかかえながら、おれとの間に背の低いテーブルを挟むようにしてクッションの上に座った。

鳴沢とは、実に三週間ぶりの再会だ。

別に緊張することでもないだろうに、それでもやはり少しは身体が硬くなる。

そもそも、おれは何を話しに来たんだったかな。何かしらの文句を言いに来たつもりだったけれど、こうして彼女を目の前にすると上手く言葉が出てこない。

というわけで、

〈そこの写真〉

おれは会話を滑らかにするために、ちょうど鳴沢の真後ろ、視線の先にあった例の写真について触れてみることにしたのだけれど、

〈え? あっ! あっあっ!〉

コルクボードに目を向けながら、おれが切り出したその直後。鳴沢はその存在をいまさに思い出したのか慌てて立ち上がると、コルクボードに体当たりをするようにしておれの視界からそれを遮断した。今さら隠したところで、何もかも遅いんだけど。

〈違うから!〉

鳴沢は茹でた蟹《かに》のように真っ赤になりながら、その場で何度も首を横に振る。違うからという言葉の意味は、いまひとつよくわからないが。

〈だから、これはただ、日本での思い出として、とにかく、違うの！〉

いやだから、何が？

そりゃあ、写真に思い出以外の意味はないだろうに。

鳴沢はおれが写っている写真をおれに見られることがそんなにも嫌なのか、わざわざコルクボードから外して、それを机の中にしまってしまう。別にそこまでしなくていいものを。

しかし、鳴沢が面白いくらいに動揺したことによって、おれの中にあったかすかな緊張は不思議とどこかへと消し飛んでしまった。こうなると、紡ぐべき言葉も自然と湧き出てくるというものだ。

何から問うべきか少しだけ迷ったが、おれはまず鳴沢の転校について尋ねることにした。

岡崎先生はアメリカに戻るとだけ口にしていたが、一口にアメリカといってもずいぶんと広い。

鳴沢は、耳まで紅潮させていたその肌の色が戻るのを待つように少し時間を置いてから頷いて、

〈今度は、フィラデルフィアだって〉

フィラデルフィアか。確か、ワシントンから少し北東に行ったところにある都市だった

な。

続けて、学校を休んでいた三週間は何をしていたのかと尋ねると、鳴沢はなんともばつの悪そうな顔を見せて、

〈何もしてない〉

短くそう返しつつ、視線を下げる。

〈ただ、なんとなく学校には行きにくくて。その、心配かけてごめんなさい……〉

別にそれは、謝るようなことじゃない。鳴沢が学校に来なくなったことで、おれに何らかの迷惑がかかったわけではないし。ただ、三好はそれこそずいぶんと気にしていたみたいだが。

その三好も、今日この家に来たんじゃないのかと訊けば、鳴沢はこくりと頷いて、

〈みよしには、ホントに迷惑かけてばっかりだ〉

本当に申し訳なさそうな表情を浮かべながら、そう呟く。

そう。

そんなふうに、呟くものだから。

三好への想いを、いつも通りに英語で口にするものだから。

自分の胸の奥で、前々からくすぶっていた悪意が、むくりと鎌首をもたげ始める。

訊いてみたくなってしまう。彼女が困るとわかっていることを。今まで、あえてこちらからは触れてやるまいとしていたことを。

〈でも鳴沢は、三好とは仲良くしたくなんてないんだろう?〉

そんな言葉を、彼女に突きつける。

〈……なんで?〉

すると鳴沢は、何度か目を瞬かせてから、その幼い目つきを鋭くして、

〈そんなこと、そんなことないもん! そりゃあ日本語あんまり得意じゃないから、ハルと英語でするみたいにたくさん話したりはできてないけど……〉

などと言葉を濁す鳴沢を前に、おれは緩やかにかぶりを振る。

もういいよ。

そういう演技は、もういい。

ストレートにそう返す。英語ではなく、日本語で。

直後、鳴沢はまるで、平手打ちでも受けたかのように表情を凍らせる。鳴沢に対して日本語を使うのは、メアリー捜索のあの日に、彼女に最初に言葉をかけたとき以来になるだろう。

そもそも日本語は、発音よりも読み書きのほうが難しいものだ。その読み書きが完璧に

できるのに、会話だけが苦手なんてことはなかなかないことだろう。

それでも、両親が家で普段から英語を使っているのならそんなこともあり得るかと思っていた。でも今しがた、鳴沢家ではアメリカにいる頃から家では日本語を使っていたと、確かに聞いた。鳴沢のお父さんはそもそも日本人だし、お母さんの発音だってネイティブとほとんど変わらない。それなのに鳴沢本人の日本語の発音だけが未だに不得手などということは、さすがに不自然極まりないというものだ。

つまり、鳴沢はずっと隠していたのだ。完璧に日本語を操れることを。

それでは何故、そんな騙すような真似をしていたかと言えば。

それはまあ、考えるまでもないことだ。

楽だからだ。

そのほうが、はるかに。

転校初日、鳴沢は自己紹介の場で言っていた。どうせまた引っ越すから、仲良くしてくれなくていいとか、そんなことを。

あのときからすでに鳴沢は知っていたのだ。正確な時期まで把握していたのかはわからないが、それでもおれや三好を含め、この街にいる人間達と長い付き合いなどにはならないことを。だから彼女は日本語がうまく話せないことにしたのだ。そのほうが、簡単に他人と距離を置くことができるから。

それらの事実を全て並べて事細かに指摘したわけではなかったが、しかし鳴沢はもはや言い逃れをすることすらできないのか、

「……違うもん」

などと、言葉の上では否定しつつも、おれの考えが正しいことを証明するかのように日本語でそう返してきた。

違うと言いながら、いままさに日本語で話しているじゃないかとおれは眉をひそめるが、しかし鳴沢が否定したいのはそこではないようで、

「楽だから、日本語が苦手なふりをしてたわけじゃない。そうじゃない、違う」

じゃあ、何故？

当然のように、そう問いを重ねる。しかし鳴沢は答えず、唇を一文字に結んで、ただ目の前のテーブルの上に視線を固定させるばかり。

そんな鳴沢に対して、ほとんど懇願するようにおれは言葉を重ねる。

教えてくれよ、黙ってないで。ちゃんとした理由があるのなら。

心の底から、教えて欲しい。

鳴沢イリスが日本語を話さなかったのは、これこれこういうのっぴきならない理由があ

るからだと、彼女の口から聞かせて欲しい。それを聞いて、納得したいから。話せるけれど話さないということにもそれなりの理由があるのだと、おれを安心させて欲しいから。

だが。

「わかんないよ、ハルには」

固く引き結ばれていた鳴沢の小さな口からややあって出てきたのは、こちらを一方的に拒絶するような、そんな一言で。

なんだよ、わかんないって。勝手に決めつけるなよ。

おれは食ってかかるようにすぐさま言葉を返したのだが、鳴沢も拒絶するように首を横に振って、

「いやだ、言わない。絶対に言いたくない。言ってもわかんないもん！」

どうして？

「違うから」

何が？

「違うもん！」

だから何が。

矢継ぎ早に尋ね返す。

そして気づけば、目の前の鳴沢はその大きな青色の瞳に、今にもこぼれ落ちてしまいそうなほどに涙を溜めていて。

彼女は震える声で、告げた。

「ハルとわたしが」

その瞬間。

どうしてだろう。

ぞっとするような、衝撃があって。

でもその後すぐ、今にも気絶してしまいそうなほど、急激に意識が遠のいた。

そしてその感覚を追うように、今度は何故か、瞳の焦点が彼女の後ろにあるコルクボードに、そこに貼られている写真へと自動的にフォーカスされる。

コルクボードの中には、人種や文化といった垣根を越えて、笑顔で交流しているたくさんの鳴沢の姿がある。全方位を海に囲まれた、ある意味極めて閉鎖的な日本とはまるで異なる世界で時を過ごした、彼女の姿が。

そう。

おれと彼女は、違う。

どこか似ているのかもと思ったけれど、それは勘違いだった。

本当は、全然違う。

あそこにいる彼女こそが、本当の鳴沢イリスの姿なのだ。

彼女は世界を飛び回る。それが彼女の本意ではないにせよ、彼女は様々な世界をこれからも見ることができる。嬉しい出会いも悲しい別れも、きっとたくさんある。そして彼女はそれと同じだけ、様々な場所の空を目にするだろう。

一方のおれはと言えば、どうだろう？

小さな小さな日本の中にある、古くてさびれた商店街から少しも動けない。その狭くるしい視界をごまかすために、ただひたすらに空を見上げているだけだ。

そうだ。

佐倉ハルと鳴沢イリスは、違う。

でも、大丈夫。

大丈夫だ。大丈夫なんだ。そんなことは、いま初めて知ったわけでも、気づいたわけでもない。

だから、いいんだ。

しなくていいんだ、失望なんて。

言い聞かせる。

奥歯を噛み締め、掌の肉に爪が食い込むほどに拳を握りしめながら。何度も何度も、そんなふうに自分に言い聞かせるのだけど。

でも、気づいたときには、そんな自分の意志とは裏腹に、おれの身体は勝手に動いていて。

「ひきょうもの」

そんな。

あまりにも卑劣な一言を残して、おれは鳴沢の部屋を飛び出していた。

鳴沢のご両親に挨拶してからでなければ失礼だとはわかっている。けれどおれは、ほとんど逃げるように玄関を出て、彼女のマンションを後にすることしかできなかった。

翌日。

おれは珍しく、本当に珍しく学校の帰りに自分から三好に話しかけた。

そこでおれは、自分でも理由はよくわからないが、鳴沢が日本語を話せないというのは嘘なのだということを三好に伝えたのだが、

「なーんだ、そんなことかぁ」

などと、あろうことか三好は柔らかく笑って、安堵したような顔つきを見せてきた。

「ああ、よかった。急にハルくんのほうから話しかけてくるから、なんかもっと深刻なことを言われるのかと思ったよう」

そ、そんなことかって……いや、そんなことか？

「とっくにわかってたよ、そんなの」

三好の言葉に、おれは思わず目を丸くする。

「だって、普通に考えておかしいじゃない」

と、三好はまるでこだわらない様子で、

「読み書きもできて、ぼくがどんなことを話しかけても全部理解してくれるのに、喋るのだけダメだなんてさ。それに発音も別にそこまで変じゃないっていうか、わざと変なふうにしてるのかなって思ってたくらいだし」

三好があっけらかんとしているものだから、おれはどんなふうに反応していいか全くもってわからなくなる。腹を立てたりは、しなかったのだろうか。話せるのに話そうとしないだなんて、あなたを拒否していますって意思表示みたいなものだろうに。

三好はなにを馬鹿げたことをと言わんばかりに声を上げて笑って、

「ええ？　それをハルくんが言うかな？」

ひどく明るく返してから、しかしわずかに真剣な表情になった。

「うんまあ、ハルくんが言うこともわかるよ？　でも、うーん、そうだなあ……なんて言えばいいのかな。あんまり上手く表現できないんだけど、イリスちゃんはぼくのことを、本気で拒否してはいなかったと思うんだよ」

どうしてそう思うのだと尋ねれば、三好は小首を傾げつつ「うーん」とまた唸って、

「なんというかね、ハルくんと話すときと似てるんだよ」

失礼な。

断固として否定するも、三好のほうも一歩も引かないで、

「いやいや、似てるから。なんか二人ともね、本当は寂しがりのくせに、全然そんなことないよって強がってる感じだもん。そういうところ、もうそっくりだよ」

そのあまりの三好の暴言に、喉の奥から変な声が出そうになった。おれは寂しがりなんかじゃないし、強がってもいない。

なんとかそう伝えて抵抗すると、三好はあごの先を軽く上げて、

「ふうん？　じゃあなんで、ハルくんはわざわざこんなふうにぼくをつかまえて、イリスちゃんの話なんてしてきたのさ？」

などと言いつつその目を細めて、妙に悪い顔になる。

「イリスちゃんのことが本当にどうでもいいなら、こんな話しないはずでしょう。ハルく

んのだいだいだーいすきな〝約束〟を自分から破ってまでさ」

言葉の端々に毒をたっぷり含ませつつ、三好はさらに続ける。

「でもさ、イリスちゃんに対して思うことがあるなら、こんなふうにぼくを使って自分の気持ちの整理をしたってダメだよ。ちゃんと、向き合わないと」

おれの内心を見透かすようにそう告げると、三好は口の端を吊り上げて、

「きっとNASAのエンジニアにだって、協調性は必要だと思うよ？　ぼくは」

そんな反論の余地すらない三好の物言いに、もはやぐうの音も出なかった。


その日の夜。

おれは自室にこもって、計画を練っていた。

机の上に広げているのは、かねてより計画を進めていた風船ロケット三号の図面だ。

岡崎先生に訊いたところ、鳴沢がフィラデルフィアへと旅立つのは十日後、十月八日の飛行機だそうだ。それを考えれば、さすがに十分とはいえないが、それでも時間的な余裕はまだある。今すぐに風船やヘリウムガスなど必要なものを注文すれば、彼女が旅立つまでには問題なく風船ロケットは完成するだろう。

風船ロケット二号の失敗、具体的に言えばスマートフォンからの信号が届かなかった原

因はすでに解明している。

前回は、バッテリーに対して何の熱対策もしなかったのがまずかった。ほとんどの種類の電池が、マイナス数十度という空間ではまともに動かなくなることはわかっていたが、極めて空気の薄い上空では電池自身の熱が放熱されにくいため、二時間程度ならなんとかなるだろうと思っていた。でもさすがに考えが甘すぎたようだ。結果、フライトの最後の最後で、熱収支のマイナスがバッテリーの作動する限界を超えてしまったのだろう。たぶんそれでスマートフォンの電源が落ちてしまったのだ。

というわけでおれはその解決策として、日光による温度上昇の最も激しいロケット本体上部に断熱材を仕込み、その上で本体内の温度によってオンオフが切り替わるサーモスイッチと電熱線を合わせた調温装置を作ってそれも組み込んだ。何やら言葉にすると大げさなように思えるが、全てホームセンターで数百円程度で売っているものを組み合わせただけだ。

ただ、いま風船ロケット三号が抱えている最大の問題は、そこではない。

おれの考える風船ロケット三号は、打ち上げと同時にその映像を追いかけることのできるシステムを搭載したロケットだ。

それを実現するために必要なものは、わかっている。

成層圏からでも電波を飛ばすことのできる送信機と受信機と、それにアンテナだ。この機材ならば大丈夫だろうという調べもすでについている。それを手に入れることさえできれば、完成させる自信はある。

ただ、そうしてその機材を手に入れることこそが、小学生でしかないおれにとってはあまりにも分厚い壁ではあるのだが。

その日の夕食後。

おれは一人、その壁をなんとかして破壊すべく哲じいの部屋を訪れていた。

哲じいの部屋は、六畳の和室に文机《ふづくえ》と箪笥と仏壇くらいしかない。一見、どうにも殺風景ではあるものの、この部屋には不思議な温かみがあっておれはとても好きだ。

「おう、ハルか。どうした」

今日も今日とて食後の詰将棋をしていた哲じいが、老眼鏡を外しながら顔を上げる。おれはその哲じいの前で畏《かしこ》まるように正座をしてから、お願いがあると切り出した。

すると、哲じいはすぐさま、

「なんだ、改まって。小遣いでも欲しいのか？」

……おかしいなあ。

おれ、たぶん今まで哲じいに小遣いをせびったことなんてほとんどないはずなのに、どうしてこうも簡単におれの考えは見破られてしまうのだろうか。

微妙にきまりが悪い思いをしながらもその通りだと返すと、自分で先んじておきながら哲じいのほうも意外そうな顔をして、

「ほう？　珍しいこともあるもんだな。で、いくらいるんだ。五千か？　一万か？」

などと、いきなり尋ねてくるのでおれは少し驚く。いくら孫が相手とはいえ、理由も訊かずにそんなわりと大きめの額を普通は提示したりしないだろうに。それだけ信用されていると考えれば、嬉しくないわけではないのだけれど。

「おい、なんだ。まさかもっとなのか？」

きっといま、おれはさぞ弱り切った顔をしているのだろう。

でも、ここで言い淀んだところで、仕方がない。おれはせめてもとばかりに背筋を伸ばし、いたるところに深いしわの刻まれた哲じいの顔を真正面から見据える。

そして。

覚悟を決めて、その額を堂々と切り出した。

三十万、貸して欲しいと。

それから、十分ほどかけて。

おれは哲じいに、それこそありとあらゆる事情を説明した。

最初、三十万という額を伝えた瞬間は、そのあまりの常識知らずの桁に哲じいもひょっとこみたいな顔をしていたものの、全ての説明を終えたあとは、

「なるほどな」

と、一方的に否定するようなことはしないで、まずはひとつ大きく頷いた。

「ハル。お前の考え、全くもってわかりかねるとは言わない。しかしな、だからといっておいそれと三十万は渡せねえ」

毅然とした態度でそう返し、哲じいはひどく真面目な顔で続ける。

「三十万ってのは、本当にとんでもない大金だ。シャツ一枚、業者に洗いを頼んで、俺がアイロンをかけて、それで一体どのくらいの利益が出るかくらい、お前だって大体はわかるだろう?」

わかる。

それはもちろん、わかっている。

哲じいが言うように、店で一番安い価格設定である一枚二百三十円のワイシャツにアイロンをかけて、うちに入る純粋な利益というのはそれこそ百円程度だ。もし仮に百円と計算しても、三十万円を稼ぐのに哲じいは三千枚のシャツにアイロンをかけなくてはいけな

い。

季節を問わず熱気に包まれるボイラー室でシャツにアイロンをかけ続けるという行為が、どれだけの重労働かは理解している。夏場であればそれこそ滝のように汗を流しながら、けれどその汗が布の上に落ちることがないよう常に細心の注意を払って、アイロンを滑らせ続ける哲じいの姿は、いつだって尊敬の対象だ。

その労力を考えると、おれがいまいかに馬鹿げたお願いをしているか、痛いくらいに身に染みる。

しかしだからといって、そうだよね馬鹿なこと言ってごめんなさいと大人しく引き下がることもできなかった。

意識して、おれは申し訳なさそうな顔をしない。その行為には、何の意味もないことだから。

そんなおれを前にしたまま、哲じいは思案するようにしばらくの間、口を結んであごをさすっていたのだが、

「そうさな」

言ってから、ひとつ頷いて、

「条件次第では、半分の十五万なら貸して……いや、くれてやらんでもない」

……十五万！

そのあまりにも理解のある返答に思わず飛び上がりそうになるが、しかし十五万ではまだ足りないのだ。

それに、くれなくていい。貸してもらえるだけで構わない。小学生の言うことなんて信用ならないだろうけど、中学の間には必ず返す。それこそ新聞配達でもなんでもして、必ず。

そう伝えれば、哲じいは小さく頷いて、

「確かに、小学生の言うことなんぞ信用ならん。それどころか、中学生の言うことだって正直なところ信用ならんさ」

歯に衣着せることなく返してくる。

その言葉はあまりにも正論だ。それを理解しているがゆえに、口の奥でどうにもならない苦さを感じていると、哲じいは、

「だが俺はな、佐倉ハルという自分の孫のことは大いに信用しているんだ」

そんなふうに真顔で続けて、おれの目を丸くさせる。おれが驚愕のあまり何にも返すことができないでいるところに、哲じいはゆったりと言葉を繋ぐ。

「俺はなにも、お前を信用していないから金を貸さないわけではない。お前なら、貸した

金は何があっても、多少の時間はかかるかもしれんが返すだろうさ」

それならどうして、とおれが尋ね返すよりも早く哲じいは、

「俺は、孫に借金をさせる爺にはなりたくない」

その言葉を前に、一瞬、呼吸ができなくなりそうだった。

「金は大事だ。考えようによっては、あえて大きな金を貸すことでその大事さをわからせることもできるだろう。だがお前は賢い子だ。俺が今まで見てきたどんな子どもよりも、お前は賢い。俺はな、そんなお前が金の大事さを理解していない子どもだとは、思っていない。そんなふうに育てたつもりもねえしな。そして、お前がいま金を必要としている理由も、間違っていない。ならお前に金を貸す必要は、少なくとも俺の中にはねえんだよ。金を棺桶に入れても仕方がないからな」

まあ、焚き付けくらいにはなるかもしれんがな、などと最後に言い添えながら哲じいは口の片端を引き上げるようにして笑う。そんな皮肉っぽい哲じいの笑みを前にして、おれは情けなくも少しだけ目頭が熱くなりかけた。

おれは眼球に浮かびかけた熱を引っ込めるためにひとつ大きく深呼吸をしてから、目の前の哲じいに改めて尋ねる。哲じいの言うところの条件次第というのが、果たして何であるかを。

「なあに、簡単なことだ」

訊けば、哲じいはにやりと口の片端を上げて、

「普通に十五万を稼ぐのに比べたら、それこそ屁でもない」

そのなんとも愉快そうな表情のまま、告げた。

「今からお前のパパとママに事情を説明して、同じように十五万もらってこい。そしたら残りの十五万を、俺が出してやる」

…………。

……簡単じゃない。

哲じい、それはあまりにも、全然、ちっとも簡単じゃないぞ。


十分後、居間。

時刻は夜九時半を回っている。

そこではすでに夕食も風呂も終えた父さんと母さんが、ソファに肩を並べてバラエティ番組を見ていた。この人達は、大した興味もない番組をだらだらと見るのが好きなんだ。

おれは深呼吸をひとつしてから、そんな二人の視界の端に入るように近づいて、相談したいことがあると持ちかけた。

「なに、どうしたの？」

おれの様子が普段とは大きく違っていたからだろう。母さんはこちらを見るなり、なんとも不安そうな表情を見せるのだから、堪《たま》らない。

「そんな改まって……何か、悪いことでもしたの？」

別に悪いことをするつもりはない。ただ、良いことだとも言えないだろう。

目に見えて表情を曇らせている母さんの横で、父さんはリモコンに手を伸ばしてテレビを消すと、ソファから静かに立ち上がって、

「どうやら何か訳ありのようだし、そっちのテーブルでちゃんと聞こうか」

おれ達家族三人は、居間のダイニングテーブルに集まった。食事以外の理由で、家族でこのテーブルを囲んだのは一体どのくらいぶりだろうか。ちなみに、残念ながら哲じいはここにいない。何でも「俺が仲介に入ったら何の意味もない」のだそうだ。

「それで、どうしたの」

繰り返すように尋ねる母さんの顔には、いつの間にか警戒するような色がありありと浮かんでいて、おれにはそれが辛い。まあ、普段あまり話しかけてこない子どもが、こうも畏まって近づいてきたら、そういう対応になるのは無理ないのかもしれないけれど。

思わずささくれ立ちそうになる心を落ち着かせるべくまたひとつ深呼吸をしてから、そ

の行為に何の意味もないと知りつつも乾いた唇を舐めて、切り出した。

単刀直入に、お金を貸して欲しい、と。

瞬間、母さんの眉間に深いしわが刻まれる。そのすぐ隣で、父さんもわずかに驚いたような顔をしながら、

「一体、どのくらい必要なんだい？」

尋ねられ、おれは思わず視線を伏せる。

しかし、そうしたところで用件が伝えやすくなるわけでもない。おれは猛烈な反対を食らうことを承知ですぐに顔を上げ、やはりストレートに返した。

「十五万」

「――なっ」

直後、目の前の母さんの顔が、目に見えて赤くなる。そして、

「そんな大金、出せるわけないでしょう！」

予想通り、反射的に遮断されてしまう。

そんなふうに、すぐさま感情的になる母さんを前にして、おれの心は自分でも驚くほどに急激に冷えていく。

……ほらね。

無理なんだよ、哲じい。

せめてさ、否定する前に理由くらい訊いて欲しいもんだ。

おれだって、新しいゲーム機が欲しくてこんなことを話してるわけじゃないんだから。

そのくらいどうして理解してもらえないのかな？

などと、捨て鉢になっているおれの心を透かし見るように、

「ハル」

父さんはおれの名前を呼び、どこか諭すような表情で、

「人に何かものを頼むとき、そんなふうな顔をしていてはいけないね」

次いで、左隣に座る母さんのほうを向いて、穏やかな声音で言う。

「母さんも、落ち着いて。そんなふうに頭ごなしに感情的になるのはよくないな。何よりもまずは、理由を聞こうじゃないか」

そう言われた母さんは、父さんを見て、斜向かいに座るおれにも視線を向けて、

「……そうね。まずは、理由を聞いてからよね」

不承不承という感じではあるものの、そう言って頷いた。

父さんの態度が寛容的なせいで、そんな母さんの発言にすら思わず腹が立ってしまいそうになるが、そんなことではいけないとおれは自分に言い聞かせる。父さんの言う通りだ。

お願いするときは、まずは自分が素直にならないと。

そのまま十秒ほど目を閉じて、目の前の二人に伝えるべき言葉を慎重に選ぶ。

何故、いまおれは三十万という金を必要としているか。

それはもちろん、風船ロケット三号を作るためではあるけれど、でもそれは手段であって目的ではない。

それではその目的とは何なのかと言えば……そう、結局おれは、伝えたいのだろう。

どうしても。

鳴沢に伝えたいことが、あるのだ。

ダイニングテーブルを挟んで両親と対峙《たいじ》しながら、おれは時間をかけて全て伝える。

鳴沢が来月にフィラデルフィアに引っ越してしまうこと。それまでに風船ロケット三号を完成させたいこと。そのためには映像を地上に送るための高価な機材を購入する必要があること。その他にも、無線の使用許可を国に申請する必要があって、それにもそれなりにお金がかかってしまうことなどを、淡々と説明した。また、哲じいにはすでに話を通してあって、本当は三十万というお金を必要としていることも正直に告げた。そこを隠して話を進めるのは、なんとなく、ずるいように思えたから。

「……うん、なるほどね」

おれの長い話の間、終始その穏やかな表情を変えることのなかった父さんは、おれが話を終えると同時に、相槌を打った。

「まず、ハルのいう鳴沢さんに伝えたいことというのは、何なのかな？　もちろん、もしひどくプライベートな内容だというのなら、さすがに深入りしないけれど」

どうだろう。

確かにプライベートな内容ではある。けれどそれは、単に鳴沢のことが好きだとか嫌いだとか、そういうことでは全然ない。でもやっぱり、そこはあんまりつっこんでくれないほうが、ありがたかった。

「うん。そうか、じゃあそこはいいよ」

父さんは頷いてから、

「でも、それを伝えるのに、高価な風船ロケットは絶対に必要なのかな？」

父さんは縁なしの眼鏡の奥で、おれの内側を見透かすようにしっかりとこちらに瞳を向けつつ痛いところを衝《つ》いてくる。

でも、だからといって、おれだって簡単には引き下がれない。

おれは、先ほどからひたすらに口を閉ざし厳しい表情をしている母さんに一度ちらりと視線を向けてから、説明を続ける。

おれが風船ロケット三号にこだわるのは、それを通じて、どうしても鳴沢に伝えたいことがあるからだ。

でも父さんが言った通り、いまおれの胸の奥にある言葉を鳴沢に伝えるのに、風船ロケット三号が絶対に必要なわけではない。それは、素直に認める。

おれが彼女に伝えようとしていることは、所詮は単なる言葉の連なりでしかない。感情や想いなんてものはどんなに複雑なものであっても、言葉にできるものだ。アウトラインを伝えるだけなら、口頭でもメールでも手紙でも手話でも筆談でもなんでもいいと言えば、その通りだ。

でも。

それでもおれは、必死に考える。

なぜ、おれはこんなにも風船ロケットが必要だと感じているのか。

どうして、自分の力の結晶であることこそが最大の誇りである風船ロケットに、こうして両親の力を大きく介入させてまで、それを完成させたいと思っているのかを。

そのとき、不意に。

——バリアー。

そんな奇妙な単語が、おれの手元に降りてくる。

そう。

あいつはバリアーを張っているんだ。

その一言を引き金とするかのように、今まで曖昧模糊としていた自分の考えが、じんわりとその輪郭を見せてくる。それを見逃すことも、見過ごすこともないように、おれは必死に、どれだけ時間をかけてでもしっかりと言葉として紡いでいく。

おれは英語ができたから、日本語が上手く話せないふりをしていた鳴沢とも、それなりにコミュニケーションをとれた。でも、本当は英語ができるとかできないとか、それはすごくどうでもいいことだと思う。

たとえば、三好は英語はわからない。けれど、あいつはそれでもおれなんかよりずっと器用に鳴沢と打ち解けようとした。でも、それもあまり上手くはいかなかった。それはきっと、鳴沢がいつだってバリアーを張っていたからだ。

おれの遅々とした説明を前にして、

「それは、いわゆる言葉の壁というバリアーのことかい？」

父さんはそう尋ねるけれど、それはちょっと違う。

おれはもう少しだけ考えてから、さらに伝える。

そうだな、おれが鳴沢との間に感じているバリアーというのは、言葉の壁というわかりやすくて単純なものではなく、

「たぶん、言葉そのもの」

ひどく自由奔放に見えて。呆れるほどに勝手気儘に思えて。

あいつはきっと、色々な意味で言葉というものに縛られすぎている。

アメリカとか日本とか。

宇宙飛行士、だとか。

あるいは、話せるだとか、話せないだとか。

壊してやりたい。

本当はそんなもの、何にも関係がないのに。あいつのふざけたバリアーに頭から突っ込んで、ぶっ壊してやりたい。

そのために、どうしても必要なんだ。

あいつが無敵だと信じているそのバリアーを貫くための唯一のミサイルこそが、おれの風船ロケット三号なんだ。

果たして。

そんな、おれのいかにも子供じみた幼稚な訴えは、目の前の大人二人の瞳には一体どの

ように映ったのだろうか。

「母さん、どうしようか」

隣に座る母さんに視線を送りつつ、父さんは柔和な笑みを浮かべながらそう尋ねる。

そんな父さんとは対照的に、母さんの目つきは鋭いままだ。抽象的な話であることは間違いないし、母さんに理解できないのも、無理はないけどさ。

「バリアーって言うけれど」

なんてことを、思っていたら。

「ハル自身のバリアーは、どうでもいいの？」

そんな、意味のよくわからないことを口にしてくるものだから、おれはわずかに眉尻を上げて反撃する。おれは別に、鳴沢に対してバリアーを張っているつもりはない。

「鳴沢さんに対してのバリアーじゃないわ」

おれの言葉を遮るように母さんはかぶりを振って、

「私と父さんに――特に、私によ」

その、あまりに予想外の母さんのその言葉を前にして、二の句が継げなくなる。

上手く身体が動かず、言葉をすぐに返すことができない。

「ハル。きっとあなた、私に話しかけるとき自分がどんな酷《ひど》い顔をしているかなんて、ちっともわかってないんでしょう？」

そんなおれに、母さんは瞳に涙を溜めながら震えた声で感情を吐露する。

「あなたが私に向ける目はね、母親に対するものじゃないの。まるでそう、同居人か何かだと思われているみたい。去年のあのときから、ずっとよ。そんなあなたが、どうして鳴沢さんのバリアーなんてものを取り払えるっていうの？」

……それは。

確かに、そういう見方もできるかもしれないけれど。

そんなこと言ったら、それは母さんだってそうじゃないか。おれを見るとき、いつも変な笑顔で、妙に遠慮して。

「いいや、母さんはそんな顔はしてないよ。ハル」

母さんの隣で父さんが言葉を挟む。

してるよ。父さんにはわからないだけで。いつだって、他人行儀な笑顔をおれに向けてばかりじゃないか、母さんは。

そんなふうに、おれは主張するのだけど、

「してないよ、ハル」

父さんは、ゆっくりと首を横に振って否定を繰り返す。

「でもね、ハル。もしもそんなふうに見えてしまっているのなら、それはきっと、ハルがそういう目で母さんのことを見ていたからさ」

父さんのその一言を耳にした、直後。

何故かこのタイミングで、鳴沢のあの言葉が脳裏をよぎっておれは目を瞠った。

──パパは仕事人間でね、ママはパパのメイドロボットなの。

──わたしのことなんて、いつもどうだっていいの。

違う。

全然、違ったはずだ。

そうじゃなかったはずだ。少なくともおれが目にした鳴沢のお父さんとお母さんは、彼女が言うような存在では少しもなかった。

……同じことを？

まさかおれも知らないうちに、鳴沢と同じ間違いをしていたというのか？

自分の幼稚さを分厚いレンズにして、目に見えるものを、自分の都合の良いように屈折させてしまっていたというのか。

浮かび上がった可能性を前にして、おれが驚愕と困惑のうちに視線を上げると、

「世の中の母親がみんなそうだなんてわかったふうなことは、言いません」

目の前で、母さんが泣いていた。

嗚咽を漏らし、元からさほど美人でもないその顔をさらに歪めながら、大人のくせに、しゃくり上げるように。

「でも少なくとも私は、どんなことがあっても自分の子どもを憎んだりなんかしない。たとえこの店が潰れても。あなたにどれだけ、誤解されていたとしても。それでも、自分の子どもを憎んだりなんて、するもんですか」

ようやく。

そこまで伝えられてようやく、おれは気づく。

見透かされていたのだと。

去年の事件以来、母さんは心のどこかでおれのことを憎んでいるのだと、そんな歪んだ考えをおれが抱いていたことを。

でも、そうして見透かしたうえで、母さんは何も言わなかったのだ。自分の瞳の表面が歪になっていることに、おれが自分自身で気づくそのときまで、じっと耐えて。

言葉が見つからなかった。

何か上手い言葉があるはずだろうと必死に考えたけど、ダメだった。

憎まれているなんて思ってない。

少なくとも、今はもう、ほんの少したりとも。

そう伝えたかった。

けれど今は、その想いをどんな言葉で伝えても、取り繕うような、嘘くさいようなものになってしまう気がして、どうにもならなくて。

おれもただ、母さんと同じように静かに涙を流すくらいのことしかできなかった。


風船ロケット三号の製作は順調だった。

鳴沢が引っ越しをする一週間前には新たに購入したデジタルカメラ、GPSの発信機の他に、映像伝送用の送信機と受信機などの機材が全て届いた。

おれは二号のときと同じように、発泡スチロールで作ったボディにそれらをセッティングした。映像の送信機と調温装置が新たに加わったことで重量はもちろん増えたけれど、カメラとGPSの発信機が前回に比べて極めて小型かつ高性能なものになったので、最終的な重量は前回とほとんど変わらなかった。

これらの高価な機材を揃えることができたのは、父さんと母さんと、それに哲じいのおかげだ。単に金を借りただけじゃないかと言う人もいるかもしれない。でもおれにとっては、目の前にある機材のひとつひとつが、家族が協力してくれていることの証のように思えて少し嬉しかった。

当然、総合通信局には上空での無線使用の許可申請を、航空管理局には自由気球の飛行の許可申請をそれぞれ行った。

ただ、後者の自由気球の飛行の許可というのは、前回下りたのだから今回もあっさり下りるというものでもない。当日の気候、航空機や自衛隊のヘリなどの運航状況によっては、希望通りの日に許可が下りないことは多々あるらしい。それに今回は申請から一週間後に打ち上げ予定なので、はっきり言って許可が下りるかはかなり怪しかった。

だからおれは、小賢しいと思われることを覚悟で、担当者に向けて手紙を書くことにした。もうすぐ、大切な友人がアメリカに引っ越してしまう。その前にもう一度、彼女と一緒に空を飛ばせて欲しい。内容としては、そんなところだった。

そうした行為が意味を成したのかどうかはわからないが、申請書の提出から一週間ほどで、航空管理局から前回にも目にした封筒が送られてきた。封筒の中にはこちらも見覚えのあるA4用紙一枚の簡単な許可書が入っており、それを目にしたおれは思わずガッツポーズが出るほどに喜んだ。

また、おれは風船ロケット打ち上げの三日前になってあかねえにも連絡を入れていた。

それというのも、前回の打ち上げで彼女が提案してくれていた最終チェックとやらの存在をぎりぎりになって思い出し、是非それをお願いしようと思ったのだ。あのときは自力での打ち上げにこだわるあまりに遠慮したが、今回ばかりは借りられるものは元家庭教師の手でも借りたかった。それにあかねえはアレでも北大の工学部出身だ。専門は情報系だった気もするが、それでも十分、頼りになる。

連絡を入れた翌日、幸いにもあかねえは久しぶりの連休ということで、昼過ぎにライトグリーンのラパンを走らせて札幌の自宅からおれの家まで来てくれた。

「たまの連休を返上してまで、元教え子の愛の告白の準備を手伝ってあげるあたしの懐の深さに感謝するように」

感謝の気持ちはもちろんあるが、愛の告白という表現は訂正して欲しい。あかねえには昨日のうちに全ての事情をきちんと説明していたつもりだけれど、正しい情報伝達がなされなかったようだ。

あかねえの戯言《ざれごと》には深く取り合わず、再会の挨拶もそこそこに自室に招く。

「さすがに一年半くらいじゃあ、別に懐かしくもないか」

そんなことを言いながらおれの部屋に足を踏み入れたあかねえは、机の上に早々に目を向けた。

「お、これが噂の風船ロケットだね」

問題がなさそうか尋ねると、あかねえは風船ロケットをひょいと持ち上げつつ、

「とりあえず、図面見せて？」

言われるがままに、風船ロケット三号の図面を差し出す。

あかねえは渡された図面の他に、ＧＰＳの受信機を始めとする機材や、打ち上げ当日の気象予報図などを並べると、持参してきたらしいノートパソコンを前にデータを打ち込んだりしていたが、

「んー、とりあえず本体はいいんじゃない？」

小一時間ほどそうしたあとで、そんな含みのある回答をよこしてきた。それに対しておれが眼差しでどういうことかと尋ねると、あかねえは傍らに置いてあった無線の受信機を手に取って、

「ＧＰＳの信号を受け取るだけならまだしも、カメラが撮影しているデータを断続的に受け取るとなると、風船の高度と方角に合わせてこのアンテナを調整しないとダメだね。たぶん、送信機を基準として仰角《ぎょうかく》を常に十度以内くらいで維持してないとダメなんじゃないかな？」

そう言われて、思わずおれは指を唇に添える。なるほどそうか。飛行中に受信機のアン

テナの調整というのも、必要なのか。

まあ、多少の誤差はあれどGPSは高度もわかるから、仰角十度以内ということであれば、そのつど計算して手動で調整すればなんとかなりそうではある。多少……いや、だいぶ面倒くさそうではあるが。などと考えていたら、

「なんだったら、あたしが簡単なプログラム組んであげよっか」

と、あかねえが暢気な声音でそんなことを提案してきた。

そんなことできるのかと驚いて尋ねると、あかねえは得意げに笑って、

「そりゃあできるよ。GPSのデータを拾って簡単な計算するだけじゃん。たぶん、五時間もあれば余裕でしょ。とはいえ、その計算結果に従って、自動で角度を調整するようなシステムを作るのはさすがに無理だけどねえ」

全く問題ない。自動でアンテナを向けるべき方向と角度を計算してくれるだけでも、十分すぎる。

是非にとお願いしつつ素直に感謝の想いを伝えると、あかねえはにやりと片方の口の端を引き上げて、

「でも代わりに今日の晩ごはんはカレーにしてよ。ハル、料理得意だったでしょう?」

どうやらあかねえは、今日はうちで夕飯を済ますつもりらしい。ひょっとすると、元よ

りそんな心づもりだったのかもしれない。まあでも、そのくらいはあまりにもお安いご用だ。風船ロケット三号のためなら、ドライカレーでもグリーンカレーでもハヤシライスでも、何だって腕によりをかけて作ろう。

結局、風船ロケット三号が空へと飛び立つための全ての準備を終えたのは、その日の深夜のことだった。

その日の夜、五時間あれば余裕と言いつつも半日以上かけてプログラムを作り上げ、全ての力を使い果たしたのかおれのベッドで意識を失っているあかねえを横目で見ながら、おれは完成した風船ロケット三号に柄にもなく名前をつけた。

——グッドラック。

おまえの名前は、グッドラックだ。

目の前の小さな発泡スチロールの表面を撫でながら、おれは声なき祈りを捧げる。

やはりそれは、神様への祈りではない。

目の前のグッドラックに対する、ささやかな祈りだ。

お願いだ、グッドラック。手伝って欲しい。

地球が青いことも、神様が見当たらないことも、もうどうでもいい。

そんなことはもう、どうだっていいんだ。おれはただ、あいつに伝えたいことがあるんだ。

でも、おれだけではダメなんだ。

無力だから。

おれはどうしようもなく、無力だから。

だから、おまえも手伝ってくれ。

無力なおれを、おまえの力で宇宙まで連れてってくれ。

そして、そこから見える景色はどんなに素晴らしいかを、おれ達に教えてくれ。


翌日、十月七日、土曜日。鳴沢がアメリカへと旅立つ、前日。

あかねえにベッドを占領されていたため床に敷いた布団で寝ていたこともあり、いつもより少し早くに目を覚ました。

その日、おれは昼前には鳴沢の家に向かおうと思っていた。それというのも、風船ロケット三号、もといグッドラックの打ち上げを、おれはまだ彼女に伝えていなかったのだ。

居間に置かれた電話が鳴り響いたのは、もしも今さらそんな打ち上げなんて別に見たくないと言われたらどうしようと不安がりつつ、朝食をもそもそと食べていたときのことだった。

土曜の朝六時前の電話というのもなかなか非常識だななどと考えつつ、つけっ放しにしていたテレビをぼんやり眺めていると、

「ちょっと！　ハル！」

突然。

電話に向かった母さんがおれの意識をテレビから引きはがすように大きな声で呼んだ。

驚いて目を瞬いていると、母さんは送話口を押さえながら、そんなおれよりもさらに驚いた様子のまま、居間の壁に反響しそうなくらいの大声で叫んだ。

「イリスちゃん、昨日から行方がわからないんだって！」

一瞬。

母さんが何を言っているのか、わからなかった。

ただ、その言葉の意味するところを理解した瞬間に、おれは全身の毛が逆立つような不快感と、焦燥感を伴った緊張を覚えた。

電話は、鳴沢のお母さんからだった。

どうやら鳴沢は、昨日の朝早くに街を散歩してくると言って家を出てから、今朝になっても帰ってきていないらしい。携帯電話も、電波が届かないか電源が切れているのかはわ

からないが、繋がらないようだ。鳴沢のお父さんは、昨晩から鳴沢の行きそうな場所を手当たり次第に捜しているとのことだが、今のところ彼女を見かけたという情報すらないようだった。

「ハル。あなた、何か心当たりないの？」

電話を繋げたまま母さんが訊いてくるが、そんな、心当たりと言われても。

鳴沢と出会ってからの記憶を残さず浚《さら》ってみても、学校内を除けばおれはあいつと一緒に行動をしたことなんてほとんどない。それこそ、社会科見学のときくらいなものだし
――などと考えて、不意に思いつく。

札幌市立科学館は？

鳴沢が日本を旅立つのは明日なわけだし、最後の最後、社会科見学で回った場所に足を運んで感傷に浸っているという可能性は、ゼロではなさそうだ。

だが、そう尋ねるも母さんはかぶりを振って、

「そこにはもう、連絡を入れたみたい」

まあ、そうだよな。鳴沢の両親もさすがにそんな場所は、すぐに調べるか。

しかし、夜を跨《また》いでなお帰ってこないというのは、怖いな。

ただ単に、自分の意思で帰ってこないだけならまだいい。

でも、帰ってこないのではなく、何か事件に巻き込まれたせいで帰ってこられないのだとしたら、状況はまるで変わってくる。そんなことを考えるだけで、胸がひどくざわつく。まさか誘拐なんてことには、なっていないだろうか。

……いや。

ダメだ、落ち着こう。

おれはぶるぶると大げさにかぶりを振ってから深呼吸をして、少しでも冷静さを内側から蘇らせようとする。

そんな最悪のパターンを考えるのは、まだ早い。命に関わりかねない状況だからこそ高くはない可能性に怯えるよりも、まず彼女のやりそうなことを落ち着いて考えるべきだ。

鳴沢が帰って来ないのは、理由があるからだ。

今日は、鳴沢がフィラデルフィアへと旅立つ前日だ。

普通に考えれば、たび重なる両親の転勤に反発してのストライキじみた家出という線が強そうだ。

けれど実際のところ、あいつの性格を考えるとその可能性はそれほど高くないようにおれには思える。あいつは確かに我儘で身勝手ではあるものの、越えてはいけない一線のようなものは、あれできちんと把握しているように思えるから。

それでは、帰ってこないのではなく、帰ってこられないのだとしたら。

それを思うと、どうしても事故や事件といった要素に繋げがちになるけれど、しかしそこに含まれる可能性は何もそれだけではない。

たとえばそう、鳴沢は何かしらの目的を持ってとある場所へ出かけた。でも、その目的が未だ果たされていないので、帰ってこられない、とか。

「ねえ、ハル。あなた、本当に心当たりないの？」

いつの間にか通話を終えていたらしい母さんが、急き立てるように再び尋ねてくる。おれは思考にエンジンがかかり始めていたところに水を差されて、思わず睨み返す。

「あのね、ハル」

しかし母さんはそんなおれの睨みなどには怯まず、不安そうに表情を曇らせて、

「イリスちゃんのお母さんは、直接の関係はないでしょうって言ってくれてたんだけど……イリスちゃん、この前あなたがイリスちゃんのおうちにお邪魔したあとくらいから、なんだかずっと様子がおかしかったみたいなの」

……え？

様子がおかしいってどんなふうにとおれが尋ねるよりも早く、母さんは続けて、

「地図を広げて、計算みたいなことを、ずっとしていたって」

その言葉を聞いて。

まるでどこかで詰まっていた電気信号が脳細胞へと一気に着信したかのように、おれは突如として思いいたる。

そしてその閃きを追うように、さあっと頭から血の気が引いた。

……まさか。

そんなこと、あり得ない。

確かにそう思っているはずなのに、しかし同時にそれ以外にはあり得ないという、矛盾めいた確信があった。

一瞬、この事実は隠してしまったほうがよいのではないかと、おれの心の弱いところが囁きかけてくる。だが、鳴沢の身の安全を一番に考えるのならそんな選択肢はあり得ないと、おれは自分自身を納得させるように首を横に振った。

「ハル、何か気づいたの?」

おれの表情の変化から察したらしい母さんのその問いに頷いてから、言葉を返す。

もしも鳴沢が、昨日あかねえがそうしていたように、地図を広げて何かしらを計算していたというのなら、考えられる可能性なんてひとつしかなかった。

たぶん、鳴沢は捜しに行ったのだ。

ここから遥か遠くの場所に墜落したはずの、風船ロケット二号を。

おれの推測は、すぐさま鳴沢家へと伝えられた。また、風船ロケット二号が落下した可能性が高い神得町を管轄とする神得署にも、鳴沢のことは通報された。鳴沢は日本人と比べれば少なからず特徴的な容姿をしているから、何らかの目撃情報があるかもしれないと願ったが、残念ながらその願いは通じなかった。

鳴沢のお父さんは捜索願をすでに警察に出したそうだ。ただ、誘拐を示唆する電話でもない限りは警察だって積極的に動いてくれるわけではないようだ。鳴沢が風船ロケット二号を回収するために神得町に向かったという、確かな証拠だってないのだ。

けれど。

それでもおれは、あいつは風船ロケット二号を回収しに行ったのだということに、やはり少なくない確信を持っていた。

行かなくては、神得町に。

おれがそのように決断するまで、ほとんど時間はかからなかった。

佐倉家全員が多少の差はあれど深刻な表情をして集合している居間で、おれは誰にともなく神得町に向かうことを伝える。もし、鳴沢が本当に風船ロケットを捜しに行ったのなら、おれの責任だ。

幸いにも今日は土曜日で学校もない。神得町もここから決して近くはないとはいえ、特急列車に乗れば三時間とかからない。今すぐに出発すれば、十時には向こうに着くことができる。

「ハル。そうはいうが、どのあたりにロケットが落ちたのかはわかってるのか？ 確か発信機はうまく動かなかったんだろう」

確かに哲じいの言う通り、風船ロケット二号は発信機がまともに作動しなかったせいで、その正確な落下地点は今もなおわからない。

けれど不幸中の幸いとでも言うべきか、おれは風船ロケット二号を打ち上げたあの日、鳴沢の目の前で飛行経路を予測した。さらに言えば鳴沢はあのとき、おれが地図に書き込んだ飛行経路を指でなぞっていたはずだ。それを考えれば、彼女が本当に風船ロケット二号を捜しに行ったのであれば、てんで見当違いのところに向かったということはないはずだ。ただ、風船ロケット二号の打ち上げはすでに四ヶ月近くも前のことだから、あいつはその記憶に頼るだけでなく、あの時のおれと同じように、改めて風船ロケット二号の動きを自分で計算していたのだろう。

そう。

あいつは本当に馬鹿だから、引っ越しの二日前にもかかわらず、風船ロケット二号を拾いに行ったのだ。おれが今からそうしようとしているように、たった一人で特急列車に乗って。そう考えれば、全ての辻褄が合う。

おれがあいつの家に足を運んだあとから、鳴沢の様子はおかしくなったと母さんは言っていた。佐倉ハルと鳴沢イリスを繋ぐものなんて、社会科見学を除けばそれこそ風船ロケットくらいしかない。

もちろん、ただの自意識過剰ならそれで構わない。

今すぐに目の前の電話が鳴って、鳴沢のお母さんから娘が見つかりましたという連絡が来るならそれに越したことはない。

でも。

なんでだろう。

不思議と、その姿が容易に想像できてしまうんだ。

おれと同じように自力で風船ロケット二号の落下予測地点を弾き出したあと、少しのためらいもなく行ったこともないその場所まで足を運んで、あてもなくそれを捜し始める無鉄砲で無計画な、あいつの姿が。捜し物を見つけるの、苦手なくせに。

「そんな、だめよ。一人で神得町までなんて……小学生が一人で行けるような距離じゃないでしょう？　何かあったらどうするの」

当然のように、母さんはそう言って眉をひそめる。もちろん、母さんの言うこともわかる。わかるが、何かあったらじゃなくて、もう何かあったんだ。

とはいえ、小学生が一人で神得町まで行って人捜しをするということが、あまりにも無謀かつ危険な行為であることは確かだ。

本当は誰か大人がついてきてくれたらいいんだけど、みんな仕事がある。

いくら息子の友人の行方が知れないといっても、客商売というのはそう簡単に休みにできるものではない。特にクリーニング屋は、仕上がった服をお客さんがいつ取りにくるのかわからないのだから、こちらの勝手な都合で店を閉めておくことはできない。

鳴沢のお父さんとお母さんは、この周辺を捜し続けているみたいだけれど、それをやめてまで神得町に向かってもらうのは、理にかなっているとは言えない。それに向こうの警察だって、子どもの不確かな推測ひとつで、すぐに動いてくれるとはとても思えない。そう考えると、やはりいま動けるのはおれしかいない——というところまで考えて、はたと気づいた。

……いや。

いるじゃないか。一人だけ。

今すぐにでも動くことのできる存在が。それこそ、ほんのすぐ隣に。

居間から襖一枚を隔てたその向こう側、この緊急事態にあってなお、他人の部屋で寝息を立てている、立派な大人が。


寝起きのあかねえを無理矢理覚醒させて全ての事情を説明すると、彼女は「今日は冬服を買うつもりだったんだけどなぁ」とぼやきながらも、すぐに車を出してくれた。

神得町を目指して道東自動車道を東へと進む車中で、折角の休日を潰してしまったことを謝罪すると、あかねえはハンドルを片手にしながら軽く笑って、

「なに言ってるの。子どもが一人、行方不明になっているのに、自分の買い物を優先させる大人がどこにいるのさ」

あかねえはそう言うが、いくら子どもが行方不明になろうと、それが自分の子でないのなら、自身の用事を優先する大人は世の中のどこにでもいると思う。確かにあかねえと鳴沢イリスは、佐倉ハルという点を介せば全くの無関係ではないだろうけれど、それでもあかねえはイリスの顔すら知らないのだから。それを考えれば、あかねえは本当に人が好すぎると思う。

「イリスちゃん、神得町にいるといいけど」

あかねえはそう言いつつも、すぐに言葉を継いで、

「ただ、もしハルの言うようにロケットを捜しに行ってるんだとすると、一人で森に入ってそうだね。さすがにアメリカみたいな誘拐の心配はないだろうけど、この時期は熊も冬眠に向けて活発になってる時期だから——凍死するほどではないとはいえ、夜だってもう気温は一桁だし。それを考えると、もしも神得町の周辺にいるんだったら、すぐに見つけないと」

思わず脅かさないでくれと返したくなるが、別にあかねえは脅かしているわけではないのだ。いま彼女が口にしたことは、全て事実でしかないわけで。

とにかく、急がなくては。

そう短く伝えれば、あかねえはアクセルを踏み込んで、

「安全運転の範囲でね」

そうして、朝見市を出てから二時間半ほどかけて神得町に到着したおれ達は、まず神得駅を目指した。鳴沢が神得町に来ているのだとすれば、札幌から出ている特急電車に乗ったという選択肢以外はあり得ない。

駅前で車を降りると、見渡す限りの地平線が——ということはさすがになかったが、それでも広々とした、それでいて人気《ひとけ》のない広場と、朝見よりもいくらか冷たい空気がおれ

とあかねえを出迎えた。年季が入った駅舎の屋根は濃いめの緑、外壁はぼやけたクリーム色というツートンカラーで驚くほどセンスがない。あすなろ商店街と同じ匂いがする。どうしてこう、昭和の人達はクリーム色が好きなんだろうか。

その神得駅内は、一応は特急列車が止まるだけあってひとっこ一人いないという具合ではなかったが、それでもなんとも閑散とした感じだった。

利用客もいないわけではないが数人だ。そのくせ土地だけはあり余っている道央の駅だけあって駅舎はやたら広いので、余計に寒々しさを感じる。

昭和感たっぷりのくすんだ駅舎にはキオスクこそ併設されているものの、コンビニもマクドナルドもない。ただ、たちの悪いことにというとかなり失礼だが、自動改札はあって、窓口の係員に鳴沢のことを尋ねても空振りに終わってしまった。これが昔ながらの改札だったら、目撃情報のひとつもあっただろうに。

「もう、生意気に自動改札なんて導入するから！」

駅舎を出たところであかねえが軽い暴言を吐く。全くもって同感だが、自動改札にもそれを導入した人達にも罪はない。

また、駅前の交番で勤務中の警察官に鳴沢のことを尋ねたが、芳しい反応は返ってこなかった。行方不明で捜索願も出されているはずなので、できればいくらか人を回して欲しいとも伝えたのだが、パトロールを強化しますという言葉ひとつで簡単に済まされてしまった。

思いのほか必死になってくれない大人を前に、腹立たしさを覚えなかったわけではない。けれどその場ではぐっと堪えて、もしも何か鳴沢に関する情報が入ったら連絡して欲しいといって、電話番号を伝えるに止《とど》めた。

「とりあえず、風船ロケットが落ちたところの近くまで行こうか」

あかねえの言葉に頷いて、車へと戻る。

ここから風船ロケット二号が落下したと思われる森林までは、直線距離で西に約七、八キロといったところだ。

「車なら十五分くらいだけど、子どもの足なら徒歩で一時間半ってところ？　小学生の女の子が歩ける距離としては、結構、ぎりぎりじゃない？」

確かに。

いっそもっと駅から遠ければタクシーくらい使ったのかもしれないが……いや、それだと帰りで地獄を見ることになるか。まさかその場所にタクシーを待たせ続けられるわけでもないだろうしな。

駅前を離れ、それなりに建物があるじゃないかと思っていたのは束の間で、ほんの数分ほど車が走っただけで、そこから先はもう完全なる畑と放牧地の世界だった。

「うわあ、見事になんもないな」

あかねえの呆れたような声に、おれも頷く。

いやまあサイロとか牛舎とか、そういうのはあるけれど。看板を見るに、畜産試験場なるものも近くにあるらしい。牛もいた。というか牛はいっぱいいる。窓を少し開けると、外から入ってくる風が牛臭くて、急いで元に戻した。

こういう場所にやってくると、北海道って本当に人の少ないところなんだなとつくづく思える。もちろん朝見だって都会でこそないが、札幌にほど近いからかあまりそういったことを日頃から実感することはない。

車は北海道道一三六号線を、ひたすら南西に進む。

そうして道立の畜産試験場の脇を抜けると、アスファルトによる舗装もなくなった。すぐさま車の揺れが大きくなり、ざりざりというタイヤが砂利を踏みしめる音が車内に響き続ける。

それにも構わず道なりにもう少し進むと、落葉広葉樹が生い茂る小高い山の麓に辿り着いた。木々は紅葉を始めているが見頃にはまだ遠く、森全体で赤と緑のまだら模様を描いている。

おれの予想では、風船ロケット二号の落下地点は大体この近辺になる。

周辺で警察が鳴沢を捜しているような様子などは、微塵《みじん》もない。警察にも、鳴沢がこのあたりにやってきている可能性があるとは一応伝えているはずなのだが。やはり捜索願など出しても、そこに事件性が見えなければ警察も早々に動いてはくれないか。

車を降りると、刺すようなというほどではないが、それでもじんわりと身体の芯が冷えていくような十月の風が頰を撫でた。

時刻を確認すれば、午前十時を過ぎたところだ。まだ正午にもなっていないとはいえ、最近の日没の時間を考えると、鳴沢を捜すことができる時間はそれほど長くないはずだ。すぐにでも、行動を開始しないといけない。

目の前の山は、明らかに人の出入りが頻繁にある様子ではなかった。

舗装された道などはどこにもない。物好きな地元の人が山菜でも採るのか、頼りない獣《けもの》道《みち》のような細い道が一本だけあるばかりだ。その道だってすぐに大きくカーブして、先はほとんど見えない。はっきりと、不気味だ。けれど、だからといってここで立ち止まっていても仕方がない。

……行こう。

獣道の入り口でおれがあかねえを促すと、彼女も何度か頷いてから声を返した。

「わかってる。でも、くれぐれもはぐれないようにね」

前を歩くと言って譲らなかったあかねえの背を追うような形で、道を進んでいく。

道は、それなりの勾配《こうばい》で山を這うように延びている。道の状態も、本当に誰かが踏みならしただけという程度で足元はかなり悪い。道中には、少しバランスを崩して下に落ちたら、冗談にならない怪我をしそうな場所もあった。地盤もあまり安定していないのか、土砂崩れの影響で根が剝き出しになっているような大きな木がいくつもあり、大きく足を広げて跨がなければならないところも多々あった。どうやらここは、子どもが公園代わりに気軽に遊んでいいような野山ではないようだ。熊が出なければいいけれど。……いや、冗談抜きで。

生憎と天気は良くない。完全な曇天《どんてん》だ。風が吹き抜けないせいか、森の外よりはいくらかマシだがそれでも気温も高くない。

「イリスちゃーん！」

あかねえが十分に一回くらいの割合で、その張りのある声を存分に活用して鳴沢の名前を呼ぶ。その声は山の中を反響してこだまするけれど、何度となく繰り返してもそれ以外の返事は戻ってこなかった。

そんなふうに、約一時間ほど道なりに捜索を続けたところ、不意に道が二股に分かれた。

どちらも道が木々の間を縫うようにカーブしており、やはり先の見通しはよくない。この場所からでは、どれだけ先が続いているのかの見当はつかない。

「どっちに行こうか」

その分かれ道を前にして、あかねえが肩越しに振り返りながら尋ねてくる。けれどおれは、その問いには迷うことなくかぶりを振った。

二手に分かれよう。

どちらか一方を選ぶなんて、確率の低いことはしていられない。

「バカ」

提案した直後、あかねえは睨《ね》めつけるようにして告げる。

「そんなのダメに決まってんでしょうが。ハルまで迷子になったらどうすんの。ミイラ取りがミイラになってからじゃあ遅いんだよ。天気だって悪くなってきてるし」

確かに先ほどから、冷たい雫がぽつぽつと頰に当たるようになってきた。枝葉のおかげでそこまで濡れはしないけれど、実は結構な雨が降っているのかもしれない。

けれどそんな状態だからこそ、鳴沢のことが余計に心配になる。もしあいつが、おれ達がいま予想している通り昨日からこの山に入ったのだとしたら、今ごろは疲弊しきっているはずだ。そんなときにこの冷たい雨はよくない。本当に、よくない。

あかねえの言うことはわかる。誰かを捜しているときに、捜している側の人間が分かれるのは確かに賢明とは言えない。けれど、もはや片方の道を二人で行くような悠長な真似もしていられないのだ。捜しものをするならば、効率よくやらなければ。

だから、こういうのはどうだろうか。

ここから二手に分かれるけれど、一時間半経ったらそこで絶対に引き返す。そして三時間後には必ずこの場所で落ち合う。

現在、時刻は午前十一時過ぎだ。この時期はもう五時を過ぎると日は落ち、七時を待たずに完全な暗闇になるはずだ。麓からこの場所まで一時間かかっていることを考えると、ここから先にはあと一時間半ほどしか進めない。帰路を含めた三時間程度の別行動なら、まだそれほど危険性は高くないはずだ。ないはずだと、信じたい。

そんな考えを、必死に説明する。

それでもあかねえは、その渋い顔を明るくすることはしなかったが、

「……わかった」

最後には、不承不承ではあったもののおれの提案を呑んでくれた。

「三時間後に必ず、ここで合流するからね。何かあったらすぐに連絡するんだよ。いい

ね？」

おれ達はその場で互いのスマートフォンの充電と電波状況に問題ないことを確認してから、左右に延びる道をそれぞれ進んでいくことにした。

左手へと延びる道を選んだおれは、今までよりも慎重な足取りで歩を進めていく。先ほどまで存在したあかねえの背が今はないのだから、滑落などしたらそれこそおしまいだ。

しかし。

本当にこんなところに、鳴沢はいるのだろうか。

一歩一歩、着実に足に溜まっていく疲労とともに、そんな根本的な不安が頭をもたげる。疲れた足を踏み出す道が険しければ険しいほど、弱気な考えが顔をもたげる。おれはそれを振り払うように軽く両頰を叩いて、とにかく周囲を捜し続けた。

急勾配の上り下りの連続で、簡単に息が上がる。湿った落葉で足が滑り、つんのめってこけそうになる。思わず手近にあった岩に腰を下ろしたが、湿った岩肌はひどく冷たくてすぐに立ち上がった。

ペットボトルのお茶を喉に流し込むと、渇きが癒えるよりも早くそれは空になった。

腕時計を見れば、時刻はすでに正午を過ぎている。別行動を始めてから一時間が経っていた。風船ロケット二号の落下予測地点から、そう遠く離れてはいないところまで来ていると思うのだが、鳴沢の姿は見つからない。

さすがにこれ以上おれ一人で捜したところで、いたずらに時間を消費するだけだろうか。ひょっとしたら、気づかぬうちに両親から鳴沢が見つかったという連絡があったかもという、そんなかすかな期待とともにスマートフォンを取り出す。だが、それは画面右上の〝圏外〟という二文字によってあっさりと裏切られ、おれは動揺のあまり手にしたスマートフォンを落としそうになった。

……冗談だろう？

離島でも電波が入るこの時代に、圏外って。

それに、つい一時間前にあかねえと互いのスマートフォンの状態を確認したときには、電波はちゃんと入っていたというのに。気づかないうちに、それだけ森が深くなっていたということか。というか、鳴沢の携帯電話だって繋がらなかったのだから、こうなる可能性があることは予測して然るべきだったか……。

自分のそんな迂闊さに舌打ちをひとつして、苛立ちを散らすように頭をかく。予定よりも少し早いが、さすがにこれは引き返すべきだろうか。

そんなことを考えながら何気なく周囲を見回した、そのときだった。

視線の先、おれが今いる道からややはずれ、傾斜のきつい斜面を十五メートルほど下った、谷の底に。

周囲の深い緑の色に決して混じることない、金色が落ちていた。

それは確かに、見慣れたクラスメイトの姿で。

鳴沢イリスは、薄汚れたリュックサックのようなものを抱きかかえるようにしながら、地べたに座り込んでいた。

気を失っているのか、眠っているのかはここからではわからない。

もしかして、何かの拍子にあの場所まで滑り落ちてしまったのだろうか。

それでどこか怪我をして、登ってくることができなくなってしまったのか。確かに断崖絶壁でこそないものの、怪我をした状態で登るのは少し難しい傾斜と足場だ。

鳴沢はおれに気づかない。

地面に視線を向けるようにうなだれたまま、こちらを見ようともしない。

おれは彼女に気づいてもらおうと、何度かその場で手を叩く。

でも、そうして発生した音は生い茂る木々の深さに吸収されてしまっているのか、衰弱しているであろう彼女の耳に届いている様子はなかった。

呼ばなければ。

叫ばなければ。

そんなことは、わかっているのだけれど。

怖い。

知っているから。

理解しているから。

悪意を持ったクラスメイトがわざわざ嘲《あざけ》るように真似したりせずとも、世界中の誰よりも自分が一番よく、理解しているから。

「……な、なあう……」

けれど。

それでもおれは、叫んだ。

叫ばずには、いられなかった。

彼女の名前を、力の限り。

「あ、あうざあー！　なうざあーっ！」

自分の声がどれほど不明瞭で醜いかを知っていても、彼女の名前を呼び続けた。

神様のとんだ手抜き工事——先天的な喉頭奇形により、生まれつき物理的に上手く震わせることのできない声帯を、自分なりに、必死に震わせて。

「なうざあー！　だ、だあじゅうぐが、あうざあー！」

何度も、何度も。

森じゅうにこだましているはずのおれの声は、まるで獣の唸り声のようだ。

自分でも本当に嫌になる。なんて、なんて汚らしい声だろうか。

でも。

たとえ、そうであったとしても。

彼女の耳には届く。それは絶対に、間違いなくて。

視線の先、鳴沢が緩慢な動きでこちらを見上げた。

遠目からでもわかる。

おれと目が合うと、鳴沢はまるで幻でも前にしているかのような表情をしたあとで、

「う、うああん！　ハル、ハルううっ……！」

一転して、その顔をこれ以上ないというほどにくしゃくしゃにして、大声で泣き始めた。

そんな鳴沢の姿に、おれは心の底から安堵する。よかった。少なくとも呼びかけに反応できないほど、大怪我をしているわけでも衰弱しているわけでもないらしい。

鳴沢に返事をしてやりたいが、それは叶わない。残念ながら、明瞭な音声を介しての言

葉というのをおれは持ちあわせていないから。

だからおれは、おれにとってのもうひとつの言葉を使う。

彼女にいつもそうしているように、筆談用のメモ帳とシャープペンシルをポケットから取り出す。誰か呼んでくるから、そこで待ってろ——そう走り書きしたメモで紙飛行機を折って、それを鳴沢めがけて投げる。

我ながらなかなかのコントロールだったようで、紙飛行機は大きな螺旋《らせん》を描くようにくるくると落下しつつ、鳴沢から三メートルと離れていない位置に綺麗に着地した。骨折なんかしていたら厄介だと思っていたが、どうやらそれは杞憂だったようで、鳴沢は普通に立ち上がって紙飛行機を無事に拾った。

その中身を確認した彼女が両腕で大きな丸を作るのを見てから、おれはメモに書いた通り、助けを求めて急ぎつつもできるだけ慌てず山を下りた。

結局、そこから鳴沢を救出するまで、六時間近くがかかった。

あかねえと合流してすぐ、途中にあった畜産試験場の人達へ緊急の電話をしてもらい応援を求めると、そこには土曜日にもかかわらず数人の大人が集まっていたようで、鳴沢はその人達の協力で無事に助けられた。予想していた通り、彼女は谷へと滑り落ちる途中で足をくじいてしまっていたが、幸いにも捻挫程度のものだった。

助けてくれた人達からは、どんな理由があっても素人が山に入ってはいけないと死ぬほど怒られた。鳴沢だけではなく、おれとあかねえもわりと本気で怒られた。その山は地元の人間でも極めて迷いやすく、熊が出る可能性もあって大変危険な場所だったらしい。おれ達はそうして散々お叱りを受けつつ、畜産試験場の人達に何度もお礼を伝えてからその場所を離れた。

鳴沢の両親には、おれのスマートフォンから鳴沢本人が連絡を入れた。電波が戻った時点で発見の知らせはしていたものの、やはり娘の声を実際に聞いてすごく安堵していたらしい。鳴沢が電話でどんな会話をしたのかまではおれにはわからないが、それでも彼女の表情から察するに、鳴沢も少しは自分のバリアーの存在に気づけたのかもしれない。

おれにも礼を伝えたいとのことで鳴沢は電話を替わろうとしてきたが、あえて説明するまでもないことだがおれには電話での会話などできない。そのためわざわざビデオ通話にしてまで、鳴沢のお母さんとお父さんは礼を言ってくれた。けれどこの件に関してはおれに全く責任がないわけでもないのだし、逆になんだか申し訳ない気持ちになった。

今は朝見へと戻る車の中、おれは助手席に座っていた行きとは異なり、後部座席で鳴沢と肩を並べている。別におれがそうしたかったわけではなく、鳴沢がおれのパーカーの裾を摑んで放さなかったからだ。おかげで、時折あかねえがバックミラー越しに何やら楽しげな視線を寄越してくるのが微妙に不愉快だ。

傍らに座っている鳴沢は、着ている服のそこかしこを泥やら草の汁やらで汚している。疲労もピークのようで、おれの肩に頭を預けながらニット帽を目深にかぶってうとうとしている。こうして目をつぶり帽子で髪を隠してしまうと、鳴沢の外国人ぽさというのはかなり薄れてしまう。帽子さえかぶっていなければ、いくら自動改札とはいえこの田舎にあっては大いに目立つはずの金髪が、駅員の目に留まっていたかもしれないというのに。案外、それを避けるためにあえて帽子をかぶっていたのかもしれないが。

「風船ロケット、見つからなかった」

しばらくして、いつの間にか目を覚ましたらしい鳴沢が囁くように言った。

「頑張って捜したんだけど、ごめんね……」

「あやまることじゃない」

それに対しておれは、彼女と言葉を交わすときいつもそうするように、ポケットから掌サイズのメモ帳とシャープペンシルを取り出して、そこに文字を並べていく。言語は日本語だ。彼女に対して英語を使う必要性は、もうどこにもない。

喋れないということで初対面の相手にかなり高確率で勘違いされるのだが、おれは話せないだけであって聞こえないわけではない。補聴器のようなものもつけていない。おれのような人間は一般的に発話障害者と呼ばれる。

耳が聞こえない人の中には、自分の声を拾うことができないせいで発声の具合がうまくわからず、正しい発声ができない人がいる。でも、そういう人であれば、訓練を積めばある程度の発声ができるようになることは多々ある。

一方、おれの場合はそうではなく、生まれつき声帯の形に異常があるために物理的にまともな発声ができないのだ。器質性構音障害という。だから、これぱっかりは発声訓練によってどうにかなるものでもない。本当に、悲しいことだが。

筆談での会話は、当然ながら普通の会話に比べるとずいぶんと遅い。それでも、鳴沢はいつだっておれの言葉を急かすようなことはしない。

あんな山奥で怖くなかったかとメモに書いて差し出すと、鳴沢はそれを目にした途端に、

「怖かった、怖かったよ！　そんなの、当たり前じゃん！」

そう叫んでから、ぎゅっと身を縮こまらせる。

「携帯電話の電波は入らないし、崖を登ろうにも足が痛くて登れないし、お腹もすいて喉も渇いて……それに、夜はすごく暗くて、すごく寒かった。わたし、ここで死んじゃうんだなって、本当に思ったんだから」

鳴沢が日本語をすらすら話すのに少々驚きつつ、死ぬだなんて大げさなと思ったけれど、実際もしおれ達が助けに来なかったらどうなっていたかと考えると、それだけでぞっとする。

「わたしね、何度もハルに助けてってお願いしてたんだよ」

不意に鳴沢はそう言いながら、疲れ果てているだろうに、はにかむように薄く笑顔を浮かべる。

「そうしてお願いしてたらね、ハルの声が聞こえたの」

鳴沢のその一言に、どきりとする。できることならそれ以上の言葉は聞きたくなかったが、しかし鳴沢はおれが何かを返すよりも早く、

「嬉しかった。本当にすごく、嬉しかったの」

繰り返すように、そんなことを言う。

「ハルが助けに来てくれたからだけじゃなくてね、ハルの声が聞こえて、ハルが初めてわたしの名前を必死に呼んでくれて、それが本当に嬉しかったの」

そんなふうに言われて、おれは思わず彼女から顔をそらしてしまう。

「……ハル?」

鳴沢が怪訝そうな声を上げるが、おれは彼女から顔をそらしたまま、なんでもないと伝

えるようにただ首を横に振った。

……ほんと、やめてほしい。

鳴沢のくせに、そんなことをいきなり、言うんじゃない。

不意打ちのような鳴沢の一言によって浮かびかけた涙を引っ込めていると、

「だからね、ハルはわたしのヒーローなの」

幸いにも、その言葉でおれは冷静さを取り戻す。

鳴沢には悪いが、それは全然違うと思う。そもそも、おまえがこんな場所に来てしまったのはおれのせいなのだし。

「そもそも、どうして風船ロケットを回収しようと思ったんだ」

メモ帳のページを改め、少し大きく文字を書いてからそれを鳴沢の目の前に突きつける。

おれはいま怒っているんだぞという、明確な意思表示だ。

すると鳴沢は、こちらの機嫌を窺うような上目遣いで、

「怒らない？」

そんな甘えたことを、言ってくる。

「内容による」

その返答を目にして、鳴沢は見るからにいやそうな顔つきになったが、

「……罪滅ぼしを」

最後には諦めたように、口を開いた。

「罪滅ぼしをね、したかったの」

そのあまりに予想通りすぎる返答を前にして、おれは思わず彼女の形の良い頭を叩きたくなったが、

「ハルに卑怯者って言われて、わたしようやく、気づいたから」

おれが鳴沢に彼女の部屋で辛辣《しんらつ》な言葉を押しつけたその事実が、怒りを瞬時に静めた。

「わたし、馬鹿だった」

鳴沢はおれを見ながら、その大きく青い瞳に涙を溜めていく。

「話したくても話すことのできない人の前で、話せないふりをするのがどれだけひどいことか、ハルに言われるまでちっとも気づいていなかった。わたし、本当に卑怯者だった。全部ぜんぶ、ハルの言う通りだった」

鳴沢の声が、あまりにも耳に痛い。

親の都合で転居を繰り返さなければならない彼女の気持ちなど何も考えず、相手を傷つけるためだけにそんな言葉を残したおれだって、卑怯者に変わりないのに。

「それにね、わたしが卑怯なのはそれだけじゃないの。さっき言った罪滅ぼしっていうの

も、実はちょっとだけ、嘘なの。わたし、本当はハルに嫌われたくなかった」

そんな言葉をかわきりにして、鳴沢はおれにたくさんの感情を投げつけてくる。

「寂しいのはイヤだったの。仲良くなったら、仲良くなっただけ辛いから。今までね、転校する度にずっとそうだった。ものすごく苦しくって、吐きそうになるの。だからわたし、みんなのことを拒絶しようとしてた。できるだけ、仲良くならないように注意してた。でも、ハルは日本語を話さなくても全然関係ないし、とっても優しかった。だから好きで、嫌われたくなくて……風船ロケットを見つけたら、最後にちゃんと仲直りできるんじゃないかなって、そう思ってここに来たの。それにね、ハルは、将来はロケットを作る人になるっていうから……、ハルはきっとなるから、だから、その、ハルは怒るかもしれないけど、わたし、わたしは……」

その先の言葉を遮るように、おれはかぶりを振る。

わかってるさ。

だから、おまえは宇宙飛行士になるだなんて言い始めたんだろう?

そうしたら、また一緒にいられるかもしれないから。

アメリカと日本で、離ればなれになっても。大人になっても。

宇宙飛行士という将来さえしっかりと握っていれば、佐倉ハルと再会できるかもしれないと、鳴沢はそう思ったんだ。

おれだって、本当は気づいていた。

最初から、そんなことはわかっていたんだ。

それなのにおれは、彼女を傷つけた。

鳴沢のことを、羨むあまり。

あんまりに、情けない。鳴沢には本当に、悪いことをしたと思っている。そう伝えると、

「違う、違うのっ！」

鳴沢は車内に響かんばかりに短く叫んでから、ぶるぶると首を横に振って、

「ハルは悪くないよ。わたしが悪かったんだもん！　だってハルは、本当のホントは、ロケットを作りたいんじゃなくて――」

そこで言葉を区切り、彼女は告げる。

「本当は、宇宙飛行士になりたかったんだよね？」

おれの返答を待たず、鳴沢は続ける。

「ハル、ごめんね。本当にごめんね……？」

鳴沢は涙を何度も拭うけれど、涙腺を調整する機能が壊れてしまったかのように、とめどなく白い頬を伝っていく。

「わたし、ハルにいっぱい謝らないといけない。わたしなんにもわかってなくて、ハルのことたくさんたくさん、傷つけた！　本当に、本当にごめんなさい。でもね、わたし、ハルのこと本当に好きだったから……宇宙飛行士になるのだって、適当じゃなくって、今だって、絶対になろうと思ってて。でも、ハルはそれでも嫌なのかなって考えたら、どうしたらいいか、もう全然、わかんなくて……はやく仲直りしたいのに、どうしたらいいのか本当にわかんなくて。

それなのに、もうすぐハルとはお別れだし、アメリカと日本は、すごく遠いし。わたし知ってるんだもん。終わっちゃうの。どんなに仲良しだった友達でもね、遠くに離れたらそれで終わっちゃうの。ハルにはわかんないかもしれないけど、絶対にそうなの。だからわたし、ど、どうしたらいいか、全然、わからなくて……！」

小さな子どものように泣きじゃくる彼女を前にして今だけは、思う。

よかった。

おれに声がなくて、よかった。

だってもしも声があったのなら、きっとおれは、目の前の彼女に何の考えもなしにこんなことを言ってしまうだろう。大丈夫、遠く離れても、おれ達はいつまでも友達だ、とか。おれは絶対におまえのことを忘れたりしないから、とか。

でも、そんな薄っぺらな言葉だけではダメなんだろう。

そんな心地良い言葉は、きっと今までに何度も彼女に与えられてきたはずだ。彼女はそれを信じては、大切なものを失ってきたのだろう。

だからこそ。

おれがいまこの場所で彼女に伝えられることは、ひとつだけだ。

自らの意志でコントロールすることのできない涙に戸惑っている彼女を横に、おれはメモ帳の上にペンを走らせる。

「明日の午前五時半に、前と同じ公園に集合」

リング式のメモ帳からその一枚をちぎって鳴沢に押し付けるように渡すと、彼女は紙面に目を落としてから、驚きとともにおれを見た。

その驚きのおかげか、彼女の涙は一瞬だけ確実に引っ込んだのだけれど、その後すぐに体当たりするかのようにおれの身体に体重を預け、そのまま腕を回してきた。

そしてまるで、おれが渡したそのメモこそが最後の一押しであったかのように、それこそ運転席に座っているあかねえの目など少しも憚ることなく、大声を上げて泣き続けた。

エピローグ

翌日。

十月八日、別れの日曜日を迎える。

午前三時半に設定した目覚ましが震える三分ほど前に、目を覚ます。そのまま布団でじっとして、三時半になる十秒前に目覚ましを解除して布団から出た。

カーテンを開くと、当たり前だけど外はまだ真っ暗だった。けれど雨雲はなく空は澄み渡るように晴れ、見上げればそこにはまだ星が浮かんでいる。今日ばかりは、たとえ雪が降ろうが雷鳴が轟《とどろ》こうが打ち上げるつもりではいたけれど、やっぱり、天気が良いのに越したことはない。

結局、二日連続でおれのベッドを占領することになったあかねえをまだ起こさぬように服を着替え、身支度を整えて居間に出る。

当然、まだ誰も起きていないだろう。早起きの哲じいだってさすがに眠りの中のはずだ。

と、思っていたのに、

「おう、起きたか」

「おはよう、ハル」

居間でおれを待っていたのは、日曜の今日は週で唯一仕事が休みであり、早起きする必要のないはずの哲じいと父さんと、

「あ、ハル。ちょうどいいところに」

同じく日曜にもかかわらず早朝から台所に立つ、母さんの姿だった。

目を丸くしつつ、自宅での筆談のために用意してあるホワイトボードにもう起きてたのと記せば、哲じいは口の片端を上げて、

「そりゃあ、孫の大切な友達がアメリカに行くって日に、ぐうぐう暢気に寝てるわけにはいかねえだろう」

え。

もしかして、一緒に来るつもりなのだろうか。

そう尋ねれば、哲じいは妙にショックを受けたかのような顔をして、

「なんだ？　一緒じゃあ、駄目なのか？」

いや、駄目じゃないけれど……それでもなんか、友達の、しかも女友達の見送りに家族

が同行するのはちょっとなあと思っていたら、

「もう、お義父さん。ハルをいじめないであげてくださいよ」

そんな哲じいの肩を叩きながら、父さんは軽く笑って、

「大丈夫だよ、ハル。そんな野暮なことはしないから」

別に野暮とまでは言わないが。

「それでもまあ、見送りくらいはさせて欲しいな。出資者として、そのくらいの権利はあると思うんだけど」

父さんはそう言って、縁なしの眼鏡の奥でその目を柔らかく細める。

「ねえ、ハル」

台所から、母さんがおれの名前を呼ぶ。

「イリスちゃんって、梅干しとか大丈夫みたい？　おにぎりの中には何も入れないほうがいいのかしら？」

そう尋ねる母さんの手元には、すでに唐揚げや卵焼きなど、定番のおかずがいくつも並んでいる。どうやらおれよりもずいぶんと早くに起きて、弁当の用意をしてくれていたらしい。

鳴沢が梅干しを好んで食べるかどうか知らないが、仮にダメだったとしても、おれが食

べるだけだから何の問題もない。

そう伝えると、母さんはほのかに笑って、

「それじゃあ、おにぎりの頭のところに印だけつけておくからね」

おれはそれに頷いてから、ちょっと気恥ずかしさを覚えつつも、素直にありがとうと感謝の言葉をホワイトボードに綴った。

こんな簡単なことですら、少し前までは上手くできていなかったのだと思うと、本当に情けない。考えてみれば、いまこうして朝の四時前に家族全員が起きているのは、なんだかんだで鳴沢のおかげなのかもしれない。

「いいか。笑顔で送ってやるんだぞ、ハル」

そんなおれの考えを透視したかのように、哲じいは硬い掌でおれの肩を強く叩いてから、

「あと、またぬいぐるみが汚れたら日本に送ってこいと言っといてくれ。タダで綺麗にしてやるぞってな。もちろん、送料込みでな」

アメリカから日本にものを送ろうとしたら、仮に空輸を使ったとしても一週間くらいはかかるはずだ。きっとその間に、大抵の汚れは定着してしまうだろう。そう伝えると、

「ああ、そうか、なるほど。そりゃあいかんな……」

哲じいは納得したかのように頷いたが、その後でしばし思案するように顎をさすりなが

ら、

「それじゃあ、そのときは俺が直接アメリカに行かないといかんなあ」

なんというか。

あんまり冗談に聞こえないのが、ちょっと怖いぞ。


早朝、午前五時過ぎ。

六月の頃とは異なりまだ明るいとは言い難い朝見森林公園で、おれは三好と、それにあかねえも一緒になって、懐中電灯の灯りを頼りに風船ロケット三号改め、グッドラックの打ち上げ準備を進めていた。

「いきなり、明日の朝五時に出てきてくれだなんてさ、ハルくんってわりかし非常識なところあるよね？」

冬本番はまだ少し遠い十月の頭とはいえ、早朝ともなればさすがにかなり寒い。

吐く息が白く凍てつくほどではないけれど、三好は薄手のコートにマフラーという姿でありながら、寒さにぶるりと身体を震わせている。

ちゃんと感謝してるさ、三好。

筆談用のメモの上に手短にそうペンを走らせれば、三好はおどけるように仰《の》け反《ぞ》って、

「うわっ、素直だ。ハルくんが素直だと気持ちわるーい！」

相変わらず、失礼なやつだなあ。

「それじゃあ、それと同じくらいあたしにも感謝して欲しいもんだね」

三好の横で、ノートパソコンを開いてアンテナ調整のための自作ソフトの準備をしているあかねえが、そんないやに恩着せがましいことを言う。

「今日なんて、会社を休んでまでこうして準備を手伝ってあげてるんだから」

いかにもそれらしいことをあかねえは言うが、微妙に違う。日曜とはいえど、あかねえは今日は普通に仕事があったらしいのだが、昨日おれと鳴沢を送り届けた段階で「とてもじゃないけどこんな身体で明日の仕事は無理だわ。飛行機、衝突させちゃうわ」と言って休みをとることを決意していたのだ。つまり、別におれがあかねえに休んでくれと頭を下げたわけでは断じてない。

「昨日は、すごく大変だったみたいですね」

三好の明るい声は、あかねえに向けられたものだ。あかねえはおれの家に三年ほど家庭教師に来ていたから、三好ともそれなりに面識がある。

「いやもう、大変だったなんてもんじゃないよ。下手したら今ごろ熊のお腹の中だったかもしれないんだからね」

「熊に襲われたんですか!」

「ううん、幸いにも襲われてない。遭遇すらしていない」

「なんだ、びっくりさせないでくださいよ……」

と、三好は胸を撫でおろすようにしながら、

「でも、すごいね。イリスちゃんのためなら、ハルくんは山の奥まで助けに行くんだから」

などと、言わなくてもいいことを口にするものだから、

「抱き合ってたからねえ」

ここぞとばかりに、あかねえはさらに言わなくていいことを口走り、おれはげんなりする。

「昨日、ハルとイリスちゃん、帰りの車の中で、目の前にあたしがいるのに完全に見せつけてくれてたからね」

「ええっ!」

誤解だ。あかねえの言い方はあまりにも誤解を生む言い方だ。おれは鳴沢と抱き合ったつもりはない。確かにあかねえの車の中で鳴沢はおれにへばりついていたかもしれないが、そこにおれの意思は一切介入していない。

「ねえ、ねえねえ」

あかねえの発言を受けてか否かは知らないが、三好は機材の準備をしているおれの隣で屈み込むように身を寄せて、

「ハルくんってさ、イリスちゃんのこと好きなの？」

尋ねられ、おれは渋面を作りつつも頷きを返す。

「それは、友達として？」

友達ねえ。

強いて言えば、仲間としてだろうか。

これから宇宙を志すであろう、仲間。

うん、これが一番、おれの中ではしっくりする表現だ。

「いや、そういうことを訊いてるんじゃないんだけどね……」

三好はおれの返答の何が不満なのか、妙に呆れを含んだ表情をこちらに向けてくる。

「でもさ、残念だよね。折角ハルくん、友達が増えたのにね」

と言われ、おれはそれにも素直に頷く。

こんな反応はどうにもおれらしくないなと思っていると、三好も同意見なのか腹を押さえるように笑って、

「あはは、やっぱり今日のハルくんは素直だ」

なんだか不愉快なので、作業をやめて餅みたいな三好の頰を両側からおれは押さえた。

「まあさ、出逢いに別れはつきものだって」

そんなおれ達の隣で、あかねえがぽつりと告げる。

「本当に会いたければ、必ずまた会える。それこそ、たとえ相手が地球の裏側にいようとね」

そのあかねえの言葉に、おれは思わず三好の頰から手を離す。

考えてみれば、あかねえも帰国子女だったな。あかねえも幼い頃に、国を跨いで転々としたことがあったのかもしれない。ひょっとすると鳴沢と同じように、そのことに涙を流したときだってあるのかもしれない。正直、今のあかねえの姿からは全くもって想像できないけど。

そんな他愛のない話をしながら準備を進めていると、視線の先からおれ達に向かって一人の少女が近づいてきた。薄暗いなかでもわかる、明るい髪色。昨日の別れ際には遠目からでもわかるほどに目元が赤く腫れていたが、どうやら一晩のうちにそれも引いたらしい。

「ああっ！」

そうしてやってきた鳴沢は、すでに準備が進めてある風船ロケット三号の――グッドラックの様子に目を向けると、途端にきゅっと眉尻を吊り上げた。

「なんでもう進めてるのっ！」

それを受け、おれはメモ帳のページを改めて、伝える。

「今日のおまえは、ゲストなんだよ」

この打ち上げは、おまえのバリアーをかち割るためのものだからな。おまえに手伝われると、ちょっとだけ恰好がつかない。

鳴沢が来たところで、いよいよ風船にヘリウムガスを充填していく。風船のサイズは前回と全く同じなので、手順に迷うこともなくスムーズに膨らますことができた。

ただ、今回の風船ロケット三号ことグッドラックは、前回の二号とはひと味もふた味も違う。

ヘリウムが充填されている間に、風船ロケットの底から出ているカメラのレンズを鳴沢の顔に向けて軽く持ち上げると、あかねえのノートパソコンには鳴沢のきょとんとした表情が見事に映し出された。

「えっ！」

ディスプレイに映る自分の顔を目にした鳴沢は、風船ロケットとノートパソコンの間で何度か視線を行ったり来たりさせてから、

「もしかして、今回はパソコンで映像が見られるの？」

身体を小刻みに揺らしながら目を輝かせる彼女を前に、おれも嬉しくなる。この鳴沢の表情を見られただけで、色々と苦労した甲斐があったというものだ。

腕時計に視線を落とす。時刻は間もなく午前五時半を過ぎようというところ。見上げれば、間もなく日の出を迎える空がもうずいぶんと明るい。

――さて。

そろそろ、飛ばそうか。

メモ帳にそう書いて、皆の前に掲げる。

「はい、ハルくん。どうぞ」

言って、三好はいつかと同じように、勝手に浮き上がらないように押さえてくれていたグッドラックを差し出してくる。受け取るとこれも二号のときと同様に、今か今かと急き立てるようにグッドラックがおれの掌をぐいぐい押し上げてきた。

「じゃあ、カウントダウンするね！」

三好のその言葉に、おれは頼むよと伝えるように大きく頷く。

「イリスちゃんも一緒にね！」

「うん！」

鳴沢は笑顔で頷いてから、胸の前で両手をパッと開いて、

「十からだよね？」

「もちろん！」

そんな二人の打ち合わせに苦笑いを浮かべていると、三好は手を上げて、

「それじゃあ、行くよ！」

おれとあかねえがそれに頷くと、意気揚々とカウントダウンを開始した。

「じゅう、きゅう、はち――」

鳴沢と三好の声が、綺麗に重なる。不思議なことに、今回は心臓の高鳴りはそれほど大きくない。逆にいつもよりも落ち着いているくらいだ。

「なな、ろく、ごー、よん――」

おれは祈る。

神様にではなく、目の前のグッドラックに。

お願いだ、グッドラック。力を貸してくれ。

「さん！　にー！　いち――」

ただひとつ、伝えたいことがある。

目の前の彼女にどうしても、伝えたいことが。

だからどうか、遙か彼方の静かな世界を見せてくれ。

空を飛べないおれを、そこへ導いてくれ。

「——ゼロッ!」

手を離す。

掌に伝わる抵抗が消え、グッドラックは飛んでいく。

鳴沢と三好がそれぞれ喝采の声を上げる。

彼女らと同じように声を出すことは、おれにはできない。けれど、小さくなっていくグッドラックに、心の中で二人に負けないほどのエールを送った。

打ち上げの後、前回はひたすらに空を見上げるだけだったけれど、今回は違う。

三分ほどでグッドラックの姿が全く見えなくなったあと、おれ達はおしくらまんじゅうでもするかのようにぎゅうぎゅうに肩を寄せ合いつつ、食い入るようにあかねえのノートパソコンの画面を覗き続けていた。

そこに映し出されているのは、空高く昇っていくグッドラックが、現在進行形で捉え続けている地上の姿だ。電波の受信状況によってたまに映像が乱れることもあるが、あかねえの作ってくれたソフトも上手く機能して調整をアシストしてくれている。

おれ達がいる街はあっという間に小さくなり、いつしか雲をも突き抜ける。

ジェット気流に流されながら、グッドラックはさらに高度を上げていく。画面は大きく揺れ続ける。今にも風船が割れてしまうのではと緊張で胃が縮んだが、グッドラックはそんなおれの不安を撥ね除けるように力強く空を昇り続けていく。

彼方に見える地平線が、次第に緩やかな弧を描き始める。

そのうち、それは地上では決して見ることのできない確かな曲線となり、地球が丸いことをおれ達に示し始める。

それからさらに三十分ほどすると、画面の揺れが次第に小さくなっていく。

グッドラックが、ジェット気流のピークを抜けたのだ。

きっともう、高度は一万五千メートル近いのだろう。

飛行機よりも高い位置を、グッドラックは飛んでいく。

そこから先は、どんどんと揺れが小さくなっていく。ゆっくりとした回転こそ残るものの、それはまるで、グッドラックがそこに広がる世界の全てを、おれ達に見せてくれているかのようだった。

そして高度三万メートルを超えると、その回転すらも、ほとんどなくなって。

そこにあるのは、静寂だった。

とびきりの静寂に包まれた、確かな宇宙だった。

その光景は、今まで観たどんなものよりも神秘的で、何より美しかった。

おれ達は、飽きもせずただ呆然とその映像を眺め続ける。

淀みのないブルーに覆われた地球の上に、おれ達がいま立っている北海道の端が、知識として頭の中にある形そのままに存在しているのがよくわかる。その地球を包む濃紺の宇宙では、太陽が眩しいくらいに白く燃えている。

……ああ。

ガガーリンの言う通りだ。

地球は青いし、神様は宇宙には見当たらない。

ガガーリンは今から五十年以上も昔に、この光景を実際に宇宙から目にしたんだ。

それのなんて、羨ましいことだろうか。

……なりたかった。

鳴沢の言っていた通り、宇宙飛行士におれはなりたかった。

物心ついた頃から、将来の夢は宇宙飛行士だった。

けれどその夢は、小学校に入学する直前に、泡と消えた。

知ってしまったのだ。

構音障害者は、宇宙飛行士になることはできないと。

努力すればどうこうという問題ではなく、絶対になれないのだと。

少なくとも現在の規定では発声のできない人間は宇宙飛行士になれないし、おそらくよほど大きな技術的革新がなければ、それが変わることもないのだと。

まあ、少し考えてみればそれも当然だった。

宇宙飛行士は管制センターはもちろん、他のクルーとも常にコミュニケーションを図って適切な行動を取らなければならないのだから。一人のミスでクルー全員の命が危険に曝されるのが当たり前の世界だ。筆談なんて悠長な真似は宇宙ではしていられない。

それは、手話だって同じことだ。

聴覚に異常のない構音障害者は基本的に手話をそこまで用いないし、おれ自身も手話は基本的な挨拶くらいしか知らないが、もし仮に手話で完璧な意思疎通ができるとしても宇宙飛行士にはなれない。両手が塞がっていてはまともにやり取りできない手話は、宇宙でのコミュニケーションにはやはり適さない。

佐倉ハルは生まれつき、宇宙飛行士になれない。

その事実を知ったとき、おれは心の底から神様の存在を憎んだ。努力すれば夢は叶うという言葉が途方もないほどにまやかしであると気づいて、絶望した。こんな身体に産んだ両親のことをほんの一瞬たりとも恨んだことがないと言えば、それは嘘になるだろう。

もしかすると神様は、おれを宇宙から遠ざけるために障害を与えたのかもしれない。自分の障害に思い悩むあまり、そんな歪んだ考えにいたったこともあった。

けれど。

そんなときだった。

おれの憧れでもあったガガーリンは、人類初の宇宙飛行を成功させたあと、地球は青かったという言葉以外に、神は見当たらなかったという言葉をも残していたと知ったのは。

おれにとって、ガガーリンのその言葉はまさに天啓だった。

神様はいない。

正確に言えば、おれの目指している宇宙空間のどこかに、神様がふわふわと漂っているわけではない、ということ。それなら、神様が与えたおれのこの障害もきっと、おれの宇宙への想いを阻むものではないのだと、おれはそう信じた。

それからおれは、そのガガーリンの言葉を支えにエンジニアを目指すことにした。

自分が宇宙に行けないのであれば、せめて宇宙に行くための乗り物を自分の手で作りたいと、そう思って、強く願って。

そしておれはいまこうして、自分の目で確かに、ガガーリンの言葉が真実であったと知ることができた。目の前の画面に映る青い地球のどこにも、おれに悲しみを与えるばかりだった存在がいないことを、確かめることができた。

本当だね、ガガーリン。

あなたが言っていた通り、どこにも見当たらない。

神様は確かに、この広大な宇宙のどこにも見当たらない。

でも。

なんだかちょっと、皮肉なことだけど。

今はもう、そんなことはどうでもいいような気分でもある。

だってそうだ。

おれは宇宙飛行士になれないから、エンジニアになるんじゃない。神様という存在を頑なに否定したいがために、ロケットを飛ばすわけではない。きっと神様だって、ペンギンから空を奪ってやろうとしたわけではないはずだ。今なら、そんなふうに思うことすらできる。

視線を動かし、すぐ右隣にいる少女を見やる。

整った顔立ちは素直に可愛らしく、砂金のような金色の髪は少しばかりの風にもその毛先を揺らす。転校してきた当時とは比べ物にならないほど感情豊かになった青く澄んだ瞳は、今は目の前に広がる宇宙へと向けられている。

おれの視線に気づいたのか、鳴沢がこちらを向く。

彼女は軽く小首を傾げるようにしながら、顔を綻ばせて、

「綺麗だね、ハル！」

おれは口の端を上げつつそれに頷いてから、手にしたメモの上にペンを走らせる。

伝えたいことがある。いまおれの手元にあるこの美しい青色を前にしなければ、きっと彼女の奥底まで届かないであろうことが。

いま、グッドラックは高度三万メートルをも超えているはずだ。

けれど残念ながら、その程度の高さでは日本列島の最も近くにあるユーラシア大陸ですら、ほとんど捉えることはできない。

でも。

それは今この場所での話であって。

未来はきっと、違う。

メモのページを改めて、おれは想いを綴る。

でもそれは、再会の約束を確かな言葉で残したいわけではない。そうではなく、こうして約束を交わすこと自体に大きな意味があるのだとおれは思う。

鳴沢は差し出されたメモに目を落とすと、たちまちその瞳に涙を浮かべ、おれの身体に勢いよくしがみついてくる。彼女の涙を目にするのは、これで何度目だろうか。けれど、

そんな自分の感情の動きに正直な彼女の姿を、おれは素直に愛しく思う。
努力だけではどうにもならないことはある。
理不尽な理由で夢が閉ざされたときの絶望の深さも、もう知っている。
けれど。
こうしておれとの別れを悲しみ、そして再会を喜んでくれる存在が共にいるのならば、
この飛べない身体で空を目指すことも、そう悪くないのではと、思えた。

本作は風船宇宙撮影の第一人者である岩谷圭介氏の『宇宙を撮りたい、風船で。』（キノブックス）をはじめとする、岩谷氏の著作および研究を大いに参考させていただきました。また岩谷氏には風船宇宙撮影に関する質問にもお答えいただきました。この場を借りて、深くお礼申し上げます。

なお作中での風船ロケットおよび風船宇宙撮影に関して技術的、法律的な誤りがありましたら、全て作者の責任によるものです。

文庫版あとがき

このあとがきは、本作のネタを割っています。あとがきを書くにあたって、内容に触れずに書くことが非常に難しく、このような形となりました。もし本作をまだお読みでない方がいらっしゃいましたら、あとがきの前にお楽しみいただければ幸いです。

本書は、二〇一八年にミステリ・フロンティアの一冊として刊行された作品の文庫版です。刊行の翌年には第三十四回坪田譲治文学賞を受賞するという栄誉にあずかり、作者としても非常に思い入れの深い作品となりました。

そんな本作ですが、実は元となる原稿自体は、刊行よりもかなり前の二〇一四年には存在していました。ですが、当時は諸事情でお蔵入りとなっていました。

しかしある日、担当編集であるK島氏からお声をかけていただき、打ち合わせをしている際に「お蔵入りになったこんな話があります」と私が雑談のネタとしてお伝えしました。それを聞いたK島氏は、その作品を読ませて欲しいと言ってくださったのですが、お蔵入りになったものをお読みいただくのも失礼だろうとお断りしました。ですがそれでも構わないからとさらにお願いされ、そこまで仰《おっしゃ》るのならばと原稿をお送りした結果「この作品でいきましょう」ということになったのです。勿論、それであっさり刊行というわけではなく、物語全体の手直し、主要な題材である風船ロケットに関する記述の技術的・法律的な問題点の改善などを経て、ようやく完成しました。

本作の内容に関して作者が語ることがあるとすれば、それはやはり、主人公のハルくんについてになると思います。

ハルくんは先天的にとある障害を持っており、そのことが作品において非常に重要な要素となっています。

ハルくんの持つ障害とは性質が大きく異なりますが、実は私の妹も先天的に重度の知的障害を持っています。彼女はとうの昔に成人を迎えましたが、今でも繰り上がりのある一桁の足し算ができません。

私は、小学校に上がる直前にそんな妹が生まれたこともあり、多感な頃から親に連れられて障害者の方たちの様々な集まりに参加していました。そこには、私の妹よりもさらに重い障害を持った子も——たとえば自らの力ではほとんど身体を動かせず、身体に管のようなものを何本もつけて、ようやく生命を維持できているような子もいました。

さらに、私の両親はともにクリスチャンでしたので、私もやはり物心ついた頃から毎週礼拝に参加していました。つまり、神様という存在が大変身近だったのです（ちなみに、私自身は今も昔も無宗教です）。

そんな家庭環境で育っていた当時の私は、先述したような重い障害を持つ子どもたちを目にするたび、子ども心に「神様はなんてひどいやつなんだ」と、恨めしく思っていました。なお、誤解なきように申し上げますが、私は多くの方が信じる神様という存在を否定したいわけでは勿論ありません。あくまでも幼い頃の私が、そんなふうに感じていた、ということです。

また、当時の私は小学生でした。小学校というところでは、子どもの可能性を無闇に否定したりはしません。一生懸命努力すればどんな夢でも叶うと教育するものです。私も、そうした教えが大人の真っ赤な嘘だとまでは決して思っていませんでした。多くの子どもに無限の可能性があるのは、確かに間違いないことでしょう。

ですがそれでもなお、私は確実に怒っていたのです。

神様が本当にすべての人を平等に愛しているというのなら、なぜあの子たちは生まれながらに自由に動くことも話すこともできないのか。学校で教える通り努力すればどんな夢も叶うというのなら、彼らや私の妹は、本人の努力次第で本当にあらゆる夢を摑めるのかと考えては、ひどく憤慨《ふんがい》していたのです。

本作では、誰もが心のどこかに秘めているそんな理不尽に対する怒りを、かなりストレートに描いています。私は小説を書く際、登場人物に自己投影することをほとんどしません。ですが本作の主人公のハルくんには、かつての私の言葉にならなかった想いを、いくらか託してしまったのは間違いありませんでした。

また叙述トリックという手法をとったことも、意外性を求めたというより、物語のテーマと主人公のハルくんという二つの存在が先にあって、それらを一番よく表現できる方法は何かと考えたら自然とこうなっていた、というのが正直な理由です。

ただ、そうして書き上がった本作は、果たしてこれは一般文芸なのかジュヴナイルなのかよくわからない作品になってしまい、どこの出版社に渡し、どんなレーベルから刊行するのが適切なのか見当もつかず、お蔵入りにしてしまったのです。だからこそ、本作の元となった原稿に価値を見出してくださった編集のK島氏には、本当に感謝の想いしかありません。

また、本作を坪田譲治文学賞に選出してくださったすべての関係者の皆様にも、この場を借りて改めて深く感謝申し上げます。

それまで同賞の受賞作には、ミステリ系の作品は存在しないようでした。そのため最終候補に選ばれたと連絡があったときも、ジャンル的にも受賞は難しいだろうから、最終候補に選ばれたことを大いに喜びとしましょう、と編集のK島氏と一緒に話していたほどでした。ですのでその後に受賞の知らせを受けたときも、驚きを通り越して現実味がまるでありませんでした。

ですが今では、ジャンルやレーベルに関係なく、ただ「大人も子どもも共有できる世界を描いたすぐれた作品」を選出する坪田譲治文学賞をいただけたことを、本当に心より光栄に感じています。今回の文庫化をきっかけに、まさに大人も子どもも関係なく、この本を手にした誰かに楽しんでいただければ、作者としてこれ以上の喜びはありません。

二〇二二年七月

八重野統摩

本書は二〇一八年、小社から刊行された作品の文庫化です。

検印
廃止

著者紹介 1988年生まれ、北海道札幌市出身。立命館大学経営学部卒業。電撃小説大賞への応募作が編集者の目に留まり、2012年に書き下ろし長編『還りの会で言ってやる』でデビューする。19年、本書で第34回坪田譲治文学賞を受賞。ほかの著書に『ナイフを胸に抱きしめて』『終わりの志穂さんは優しすぎるから』などがある。

ペンギンは空を見上げる

2022年9月16日　初版

著者　八《や》重《え》野《の》統《とう》摩《ま》

発行所　（株）東京創元社
代表者　渋谷健太郎

162-0814/東京都新宿区新小川町1-5
電話　03・3268・8231-営業部
　　　03・3268・8204-編集部
URL　http://www.tsogen.co.jp
モリモト印刷・本間製本

ISBN978-4-488-43721-3　C0193

フランシス・ハーディング
影を呑んだ
少女

《少年検閲官》連作第一の事件

THE BOY CENSOR◆Takekuni Kitayama

少年検閲官

北山猛邦

創元推理文庫

◆

何人《なんぴと》も書物の類を所有してはならない。
もしもそれらを隠し持っていることが判明すれば、
隠し場所もろともすべてが灰にされる。
僕は書物がどんな形をしているのかさえ、
よく知らない――。
旅を続ける英国人少年のクリスは、
小さな町で奇怪な事件に遭遇する。
町じゅうの家に十字架のような印が残され、
首なし屍体の目撃情報がもたらされるなか、クリスは
ミステリを検閲するために育てられた少年
エノに出会うが……。
書物が駆逐されてゆく世界の中で繰り広げられる、
少年たちの探偵物語。